SHANGHAI LITERATURE & ART PUBLISHING GROUP

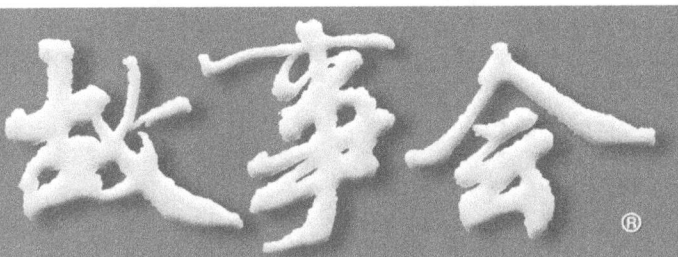

故事会
精品系列

神秘故事

上海锦绣文章出版社
上海故事会文化传媒有限公司

上海文艺出版（集团）有限公司

图书在版编目(CIP)数据

神秘故事 《故事会》编辑部编 – 上海：上海锦绣文章出版社（故事会精品系列） ISBN 978-7-5452-0049-2

Ⅰ.①神…Ⅱ.①故…Ⅲ.故事－作品集－世界 Ⅳ.I14

中国版本图书馆 CIP 数据核字 (2008) 第 059164 号

丛 书 名：故事会精品系列

书　　名：神秘故事

主　　编：何承伟

编　　委：何承伟　吴　伦　姚自豪　夏一鸣

责任编辑：刘迎曦　鲍　放

装帧设计：王　伟

责任督印：张　凯

出　　版：　上海锦绣文章出版社

　　　　　　　上海故事会文化传媒有限公司

POD 海外发行：　中国图书进出口上海公司

　　　　　　　电话：021－36357888

　　　　　　　传真：021－36357896

　　　　　　　地址：上海市虹口区广中路 88 号

　　　　　　　邮编：200083

目　　录

世 相 掠 影

　　一个人能得到的最大满足，莫过于亲眼看见新的东西。我们必须当明眼人，我们必须看、看、再看，直到最终看清事物的真相。

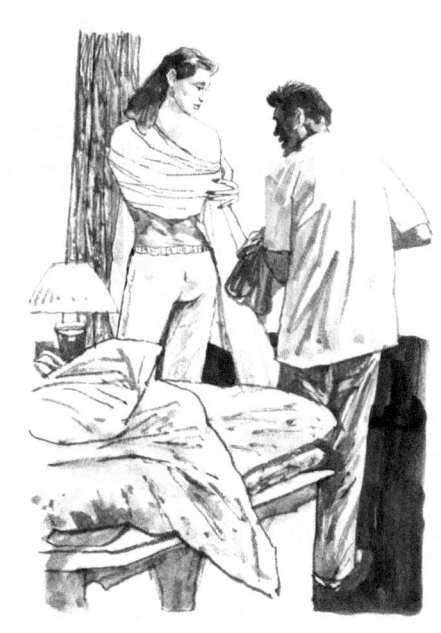

张三和李四

　　张三和李四住对门儿,两人虽然年纪相仿,但张三相貌平常,李四却长着一张讨人喜欢的小白脸;张三的老婆又黑又丑,李四的娇妻却年轻貌美。张三因此而愤愤不平,总觉得老天亏待了自己。

　　一天深夜,张三下班回家,走到门口却找不到钥匙,夜深人静怕惊了邻居,他没敢叫门。正在这时,天边一道闪电劈来,闪电过后,张三看到地上有一个东西闪闪发光,一瞧,是一把钥匙,他以为是自己刚才不小心掉在地上的,于是捡起来就往门锁孔里插,可是门打不开,钥匙不对。

　　莫非是李四家的? 张三想试试,于是就用这把钥匙去开李四家的门,只听"啪"的一声,门果真被打开了。

推开门的一刹那,李四的老婆出来了,瞪着杏眼问他:"都几点了?"

张三很不好意思,结结巴巴地说:"大嫂,我……我是张三呀!"

谁知李四老婆一反平日的娇态,凶狠狠地指着他的鼻子就骂:"你少给我装疯卖傻!"

张三急了:"大嫂,你……你别认错人呀,我真是你家对门的张三。"

"认错人?"李四老婆"嘿嘿"冷笑一声,说,"你这张小白脸我还能认错? 少废话,去,赶紧给我烧壶水烫脚!"她一边吩咐着,一边就扭身进了卧室。

张三顿时呆若木鸡:这女人怎么会把我认成她男人了? 他不知是怎么回事,傻傻地站在那里。

只听李四老婆在房间里催他:"你还不把水给我端进来,死在外面做什么?"张三只得走了进去。

刚进房门,李四老婆一甩手,一条裙子甩过来,打在张三的头上:"你给我洗了去!"

张三接了裙子,一股芳香扑鼻而来,好闻极了,他心里不由一动:自己老婆身上哪来这般好闻的香味! 既然这女人认我,我何不趁此机会就做一回她的老公?

于是,张三卖力地将李四老婆的裙子洗好,然后回到房间,躺到李四老婆身边。这时,他才稍稍有了点现实的感觉,掐了大腿一把,很疼,真的!

他战战兢兢地伸出手去,可是刚碰到李四老婆的身子,李四老婆就一个猛翻身,张三一惊,吓得缩回了手。李四老婆似乎是在梦中,嘟囔了几句,就又睡过去了,张三只得老老实实地睡自己的觉。

接下来的几天里,张三都觉得自己好像是在梦中一般,他对着镜子一照,怎么自己真就变成了李四那张小白脸? 他不禁害怕起来,一怕自家老婆知道了吵闹,二怕李四突然回家。

到了第五天,张三要去上班,刚一出门,就见对面自家的门开了,亲亲热热地走出两个人来,一看,竟是自己的老婆,挽着另一个"张三"。

老婆见了他,点点头,叫了声"李哥",就下楼去了。张三心里虽不是滋味,却也感到一块石头落了地:能和李四在不知不觉中交换身份,又黑又丑的老婆换成了年轻貌美的娇妻,这么好的事情到哪儿去找啊? 自己真是幸运!

可没过几天,麻烦来了!

这天下班回家,张三刚走进弄堂,就被一个小伙子一把抓住了。张三惊慌地叫起来:"干吗? 干吗? 有话好好说……"

小伙子把他死死摁在墙上:"说个屁! 你小子做的好事!"他说着就从口袋里掏出一张照片。

张三一看,照片上是李四,赶紧辩白:"不是我,这不是我呀!"可他张三现在的相貌就是李四那张小白脸呀,人家怎么信他?

小伙子咬牙切齿地说:"这张照片是我从老婆衣服口袋里搜到的。你小子做的好事,仗着一张小白脸,竟敢勾搭我老婆? 我找你好几天了,今儿不修理修理你,难消老子这口气!"小伙子说着,拔出拳头就朝张三捅来……

一阵拳脚之后,张三鼻青脸肿地回家。开门进屋,他听到房间里有说笑声,进去一看,李四老婆正和一个年轻男人搂在一起。

张三大喝一声要扑过去,李四老婆嘴一撇,朝他冷笑道:"行了,行了,咋呼两声算了,我和他的关系你又不是今天才知道,传出去你只有丢人的份儿,还不如跟以前一样装装糊涂,不就完了?"

张三一时没了辙,只好走出家门一个人在街上溜达,一直溜达到第二天凌晨,实在觉得又冷又累又憋气,才拖着发麻的双腿回家。

走到门口,他找不到钥匙,这才想起昨晚一气之下出门,把钥匙甩在桌上忘了拿出来了。想当初,真不该拿捡到的钥匙去开李四家的门,如果那晚老老实实地哪怕在楼梯上坐一夜,不去捡那把钥匙,该多好!唉,现在晚了,算自己倒霉!既然人家李四成了自己,自己就只能跟那个水性杨花的女人继续过下去了。

张三正胡思乱想着,忽然天边一道闪电劈来,闪电过后,只听"吧嗒"一声,李四家的门自动开了,张三于是就走了进去。

李四老婆一看到他,就朝着他直嚷嚷:"哎哎哎,张三,我说你这是喝多了耍酒疯吧,你这是进的哪家门呀?"

张三一愣,看看李四老婆,又回头看了看房门:没错啊,这些日子我不都是进的这个门吗?"我……我回家啊!"

"回家?回谁的家?你还是找准了门儿再回家吧!"李四老婆的声音在半夜里特别响。

这时候,对面张三自己家的门闻声开了,张三老婆惊讶地走出来,一看张三这副样子,一把扭住他的耳朵说:"准又是黄汤灌多了!"她把张三拽进屋,然后就赶紧去厨房弄醒酒汤。

张三从来没有觉得自己老婆有这么亲,追上去一把搂住她,"吧嗒"狠狠亲了一口,又亲一口……

张三终于回到了自己的家,从此踏踏实实地和老婆过日子。

(张 梁)

(题图:杨宏富)

看不见的第三者

这个故事发生在情人节。那天晚上,程肯约女友小曼吃西餐,在浪漫的钢琴声里,程肯刚要拿出事先准备的钻戒向小曼求婚,忽然他的手机响了,低头一看,是一条短信:"虽然你从未叫过我一声爱人,但我仍愿做你一辈子的情人。呵呵,情人节快乐!"

奇怪!程肯暗想:是谁在和自己开这种玩笑?自己平时从没招惹过什么女人,哪来的"第三者"啊?为了不引起小曼的误会,他故意装作若无其事的样子。可不到两分钟,他的手机又响了,还是一条短信:"喜欢在你枕边听你的呼吸,喜欢你每天抚摸我的感觉。"程肯气得脸涨得通红:谁这么缺德,三番两次来骚扰?可手机上没有来电显示,程肯想发火也没有方向。

　　小曼见程肯神色不对，"呼"一下把他的手机夺了过去，一看，脸拉了下来："这人是谁？"程肯向小曼解释了半天，说肯定是对方在搞恶作剧，小曼才把手机还给他。经过这么一折腾，程肯哪里还敢把钻戒拿出来？他怀疑是自己那帮朋友寻的开心，在心里咬牙切齿地把他们骂了个遍，决心明天非好好收拾他们不可。

　　第二天，程肯一个不漏地打电话向朋友"兴师问罪"，他的那些朋友个个大叫冤枉，赌咒发誓地拍着胸脯向他保证，都说绝对没干这种缺德事。有个朋友给程肯出主意，叫他到电信局去查昨晚的通话记录。可程肯跑去一查，服务小姐竟肯定地答复他说，根据记录显示，昨晚这个时段，根本没人给程肯的手机发过短信。

　　程肯傻眼了，一头雾水地从电信局出来，他用手机给小曼打了个电话，想约她出来好好谈谈，可偏偏小曼的手机不在服务区，程肯只能无奈地回家。

　　当晚，程肯躺在床上翻来覆去合不上眼睛，想来想去总觉得这件事情有点奇怪，好久才迷迷糊糊地睡着。清晨，他被一阵手机铃声吵醒，拿起来一看，又是一条没有来电显示的短信："早安！亲爱的。早点起床！吃了早餐再去上班！"程肯常常因为睡过头，不吃早饭就去上班，这个提醒本来是善意的，可对方一直不显示自己的真实身份，这就怪了。程肯灵机一动，直接用手机里的"回复"功能给对方回了一条短信："你是谁？"

　　对方很快回复过来："一个爱你的人。"

　　程肯又问："你在哪里？"

　　对方回答："就在你身边。"

　　程肯愣住了：我人还在被窝里呢，房间里哪能还会有别人？他"呼"地一下从床上跳起来，洗了把冷水脸，暗道："哼，凭几条短信就想吓倒老子？我偏不理你，见怪不怪，其怪自败！"他打定主意,对这种无聊的人坚决不理睬,该干什么干什么。

可程肯的这个对策没用,他不睬人家,人家却偏偏缠着他,时不时地给他发短信过来,什么"天凉了,要加衣服了"呀,什么"累了,晚上早点睡"呀,那人好像很熟悉他的生活。而且奇怪的是,这些天程肯给小曼打手机也总打不通,程肯猜想一定是小曼为那天短信的事还在生自己气,他决定约小曼出来好好谈谈。

下班的时候,程肯用办公室的电话给小曼打过去,这次终于打通了。程肯约小曼晚上去看电影,还说自己这几天给她打了很多电话,就是打不通。谁知小曼一听,也连声埋怨说,她也打程肯的手机,也是一直关机,她还以为程肯故意不想接她的电话呢。程肯一听大叫冤枉,这事一时半会儿在电话里也说不清,最后两人约了在电影院门口见面,到时候再谈。

事情的发展总算还好,程肯和小曼电影看了,谈也谈了,程肯一通解释,小曼总算原谅了他。眼看小曼的脸上"多云转晴"了,程肯就想趁热打铁说说两个人的事情,可他的手机却偏偏又在这个时候不合时宜地响了!程肯一看,又是一条短信:"速到公司开会。"显示的来电号码是公司经理。"这么晚了,开什么会呢?"程肯尽管有点纳闷,但是不敢怠慢,他让小曼先回家,自己立刻打车去公司。可谁知到公司后一看,楼道里静悄悄的,什么动静也没有。程肯急忙用手机打经理的电话询问,可经理却说他从没给程肯发过什么短信,都这么晚了,还开什么狗屁会议。

真是活见鬼了!程肯认为一定是哪个家伙和自己过不去,他发誓非要把他逮出来不可。

第二天,程肯正想先从办公室同事当中调查起,谁知刚上班,隔壁办公室当初介绍他和小曼认识的大李就来找他了,数落道:"你们男人真是花心啊……"程肯吓了一跳:"怎么了?"大李说,昨晚小曼给她来电话,问她公司深更半夜开什么会。大李听了莫名其妙,说根本没有这事,小曼当时就在电话里哭了。

程肯这时真是跳进黄河都洗不清了,他给小曼打电话,可小曼关了手机,理都不理他。直到傍晚,程肯终于收到小曼发来的短信:"立刻到我们第一次约会的地方见面。"程肯欣喜若狂,心想:总算有机会向小曼解释了。

程肯和小曼第一次约会是在西郊公园的一棵大树下,等他赶到那里时,天已经黑了。程肯没见小曼的影子,就给小曼打电话,可是无论怎么打也打不通。程肯心神不宁地在大树下面转来转去,突然脚底一滑,掉进了树后面一个一人多深的土坑里。

坑很深,程肯试了几次都没爬上来,他拿出手机又打小曼的电话,可手机里只有"嘀嘀嘀"的怪声,一个电话也拨不出去。难道是手机坏了?才买了不到一个月啊!看着簇新的手机在自己手里泛着幽幽的蓝光,程肯急出一身冷汗:难道今晚就被困在坑里不成?就在此时,他的手机铃声响了,来了一条短信:"现在,你终于只属于我了!"

程肯又惊又怒,立刻问对方:"你到底是人是鬼?你现在在哪里?"

对方回答是:"我不懂你说的什么人啊鬼啊的,我就是我,我就在你手上。"

程肯吓得头发都竖起来了:"我……我手上只有手机呀!"

对方的回复立刻来了:"唉,我对你感情这么深,你就不能像叫小曼那样叫我一声吗?"

程肯愣住了:"你……你对我有感情?"

对方说:"不可以吗?从我第一次看到你时,我的主人,我就爱上了你。你对小曼说的那些绵绵情话,我都听见了,我爱你,所以,我不准你和小曼通话。你明白我的苦心吗?"

程肯奇怪极了:"你……怎么看得见我?"

"我有摄像头呀,亲爱的,那就是我的眼睛。"

程肯气得跳起来:"怪不得电信公司里查不到记录,怪不得我打不通小曼的电话……对了,冒充经理的短信也是你发的吧?今天你又冒充小曼把我骗到这儿。说,你到底想干什么?"

他的手机立刻显示新短信:"只要你答应以后永远爱我,永远不离开我,我就饶你。"程肯万万没有想到,这个屡次骚扰自己的看不见的"第三者",居然是自己的手机!它不仅会"看"、会"听"、会"说",居然还会"爱"上自己!此刻,他手机的指示灯频繁闪烁,机身也微微发烫,手机不停地对他"说"着甜言蜜语,十足像一个坠入情网的少女。程肯实在无法忍受这么诡异的现象,他狠狠摁动按键,把手机关了。可谁知不过三秒钟,手机立刻自动开了机,又喋喋不休地"甜言蜜语"起来。程肯再也受不了了,他触电似的把手机一扔,大声呼叫:"救命啊!救命啊!"

终于,公园里的管理员听到他的求救声,把他拉出了土坑。

长话短说。后来,程肯和小曼一起把这个"第三者"送回手机厂检验,专家们听说有这等奇事,都惊得目瞪口呆。他们搬出各种仪器,忙活了半天,终于发现在手机的电子芯片上有一条很细很细的线路,由于工人的误操作,造成了短路,所以它的结构和别的芯片就有了一点儿不同。专家说,芯片好比是手机的"大脑",指挥手机的运行,不过是不是因为这个原因,手机有了自己的"思想",他们一时也无法解释。他们建议程肯将手机留给他们进行深入研究,并许诺换给程肯一个更高级的手机,程肯很高兴地答应了。

就在程肯和小曼准备离开的时候,留在桌上的手机铃声又响了,大伙儿"哄"地围上来,一看,都愣了。这条短信是这样写的:"我只属于你一个人,我的爱人!离开了你,我选择死!"

大伙儿还没回过神来,就见手机发出"蓬"的一声,冒出一股烟来。一个专家将它打开一看,里面的机芯已经烧黑了……

(花 剑)

(题图:安玉民)

午夜的诱惑

　　小明大学毕业后在一家公司做小文员，收入不高，但开销却不低，衣食住行中，每月单房租就用去了一半薪水，是每个月一个子儿都不剩的"月光族"。

　　一天晚上，小明正在熟睡，突然被一阵关门声惊醒，他知道是隔壁阿正回来了。阿正是他的同事，连续好几天，都是在深夜三四点回来。他想：这小子怎么这么晚才回来？难道……他发现阿正最近手头好像阔绰多了，不像从前，买点东西还要算啊算的。小明不免对阿正的行踪产生了怀疑，他决定要弄清楚阿正的秘密。

　　第二天晚上，阿正不睡，小明也不睡，直到十二点钟声响过后，小明听到隔壁房门"吱呀"一声开了，他从猫眼里看到阿正轻轻溜出门,走进了电梯。电梯门刚合上,小明马上冲出门去,准备乘另一部电梯跟踪,但他却意外地发现,阿正刚才乘的电梯不是往下,反而是往上走。

阿正上去干吗?只见指示灯显示,电梯一直在往上走:17、18、19、20……突然灯在"21"楼的地方消失了,好一阵之后,又在"22"楼的地方亮了一会,然后重新开始回降。

这栋公寓共有23层楼,小明住在13楼,22、23层是复式结构。阿正吓呆了:就算电梯在21楼停了一阵,指示灯也应该显示呀,怎么会突然消失了呢?小明走进电梯,按下按钮,来到21楼,一切正常。他不死心,又按下按钮到了22楼,步出电梯一看,到底是复式,豪华之气扑面而来,只是仍然没有阿正的影子。

谁知道阿正进的是哪家的门,总不能一家一家地敲门去问吧?小明觉得自己有点傻,他叹了口气,乘电梯又回到13楼,准备回去睡自己的觉。就在跨出电梯门的一刹那,忽然一个奇怪的念头在小明脑子里一闪:我为什么不再试试?明明刚才电梯运行正常,为什么指示灯在21楼的地方不显示?他心血来潮地又回进电梯里,同时按下了"21、22"两个按钮,于是电梯又开始往上走。

尽管已是秋天,小明却感到自己的手心在冒汗。"19、20、21……"忽然,小明感到一阵眩晕,电梯似乎在摇晃,然后只听"叮"的一声,电梯门开了,走出电梯,在昏暗的灯光中,他看到眼前几个闪闪烁烁的霓虹灯大字:21楼半赌场。

这幢大楼里有赌场?难道阿正刚才是上赌场来了?小明不由自主地走了进去。只见赌场里光怪陆离,一张张赌台上都堆满了筹码,那些侍者端着托盘,穿着溜冰鞋,在赌场里滑来滑去,酒杯在彩灯的照射下发出诡异的光芒,赌客们则一个个神情专注,如痴如醉。

突然,小明心里"怦"一跳,他在一个大转盘区看到了阿正,只是阿正聚精会神地光顾看转盘,根本没注意到小明的到来。

"嘿,帅哥,第一次来?"小明似乎听到有人在叫他,连忙回头,看到一个浓妆艳抹的胖女人正坐在前台朝他眯眯笑,"玩两手吧!""我没带钱。"小明显得有点窘迫。谁知那女人嘻嘻一笑,说:"这里赌钱是不用钱的。"小明以为自己听错了,可那女人已经甩出了一大把红绿混杂的筹码。

小明满脸疑惑地拿起来一看,发现筹码上刻的全是时间,一个月,两个月,一年,两年……小明不解地问:"这是什么意思?"那女人神秘地笑了笑,露出一口黄牙,说:"你的命呀。一个月相当于一万,一年加倍,二十四万。很划算吧?"小明倒抽了一口凉气:用命去赌钱?不免太荒唐了点吧?没了命,还要钱干吗?

小明转身想离开,可一转念:这是赌博,我不见得就一定会输啊,在单位里一个月经常一晃就过去了,但在这儿一个月却有一万块,这可顶自己大半年的工资啊!就这么一晚,下半生的钱就可以到手了……

胖女人看他犹豫的样子,又"推"了他一把:"这么划算的事不试一试?你一个晚上可以有五次出手的机会哦!"小明心里被她说得痒痒的,于是就拿起筹码,走近赌台观看起来。

小明发现,随着骰盅的打开,有人欢呼,有人苦笑,也有人发狂,他的手心一直在出汗:我也这么去赌吗?一万块,可以买一套高级音响,或者在"情人节"给倾慕已久的阿玲买一枚钻戒。阿玲从没正眼看过自己,还不是因为自己穷吗?

一想到阿玲,小明终于鼓足勇气,在"大"字上押下了一个筹码———一个月。"哗"骰盅打开,小明根本不敢拿正眼去瞧,紧张得浑身衣服都被汗水湿透了,只是在一片疯狂的呼喊声中,他听到庄家在喊"四五六点———大",才如释重负地松了口气。筹码上的字不知何时变成了"两万",他捏着那个筹码飞快地离开赌台,到出纳柜台兑换到了两沓厚厚的钞票,就飞也似的逃出了赌场。他发誓,再也不进这个地方了。

第二天,小明一觉醒来,天已大亮,他恍恍惚惚想起了昨晚的奇遇,两只眼睛习惯性地朝床头柜望去,不禁目瞪口呆:柜子上竟整整齐齐码着两沓钱。昨晚的事居然是真的? 一整天,他人虽然在单位上班,可眼前晃来晃去的,就是这两万块钱的影子。到了晚上,他实在憋不住,终于一过午夜十二点,竟鬼使神差地又上了21楼半的赌场,这一次,他毫发无损地捧回了三万块钱。

这一来,事情就变得一发不可收拾! 每天晚上,小明都翘头等着十二点的钟声响。虽然他竭力克制着不断提醒自己收手,可到头来总能为自己找到去搏一搏的理由。几天下来,他已经从赌台上拿回了十几万块钱,从此人换衣裳马换鞍,出手可阔绰大方了。21楼半赌场简直成了小明用不完的"钱袋子"!

这天晚上十二点,小明又照例走进赌场,这一次,胖女人给他的筹码,把其中一个"一个月"的换成了"五年"。小明心想:一个月是赌,五年也是赌,为什么不爽爽快快赌它一回? 可真走近赌台,小明手里紧紧攥着筹码,心里却不免犹豫起来:自己已经赢了三万,但如果押上这个"五年"的筹码输掉的话,那就意味着自己要少活五年。可再一想:如果赢了呢? 赢了的话,那就可得一百二十万哪! 用这些钱不但可以买一套复式公寓,而且说不定不是自己向阿玲求婚,而是阿玲来求自己了呢?

小明顿时为自己的想法感到莫名的兴奋。这时候,赌台上已经连开了十盘的"小",根据以往经验,小明认为这已经到了极限,他只觉得热血一下子冲上了脑袋,"大!"他把"五年"的筹码押了上去。

"一二三点——小",庄家"咯咯"狞笑起来。一切都太突然了,有几个赌客失声叫了起来。胖女人在他们背后阴沉地笑着:"多谢各位了,再多存几年,我就可以回去了。"赌客们都木然看着她,小明没想到几秒钟之后是这样的结局,"扑通"一声,他倒在了地上……

第二天早上,小明一觉醒来,周围的一切与往常一样,枕边空空如也。"是梦,是梦!根本就没有什么赌场,这一切全都是梦!"小明爬起来狂叫着,他冲进洗手间,望着墙上的镜子——就这么一夜之间,他似乎苍老了许多,人一下子跌入了冰窖。

不知过了多久,他好像听到有人敲门,走过去,打开门,发现来的是警察。警察问他:"请问,隔壁住的人是你同事吗?"

小明木然地点点头。

"他死了。"

"什么,死了?"小明浑身像被浇了盆冷水。

"是的,初步鉴定为自杀。请问,你昨晚有没有听到什么特别的声音?"

小明摇了摇头。

警察在阿正的房间里发现了大量现金。警察还在继续调查,小明心里已经很明白是怎么回事了:阿正太贪婪,他把一辈子都赔进去了!

已经失去了五年,为了不让自己再受赌场的诱惑,小明决定离开这座城市……

(源诗雅)

(题图:魏忠善)

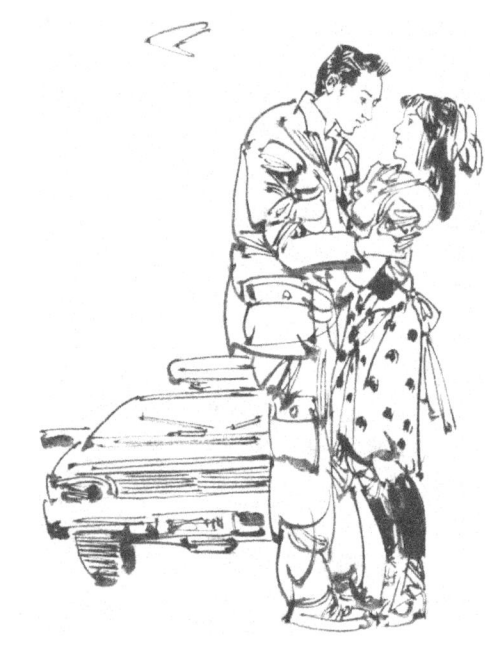

女友不见了

刘浩是个普通的电脑公司职员,从小到大,一直过着平淡正常的生活,可是自从那次车祸以后,他的生活中发生了一连串不可思议的事情。

刘浩记得,发生车祸的那天晚上,天气很冷,半空中飘洒着牛毛一样的雨丝,他和女友欣儿看完午夜场电影,准备回家,街对面正好有辆出租车空着,刘浩就拉了欣儿跑过去,一边跑一边向司机挥手。谁知他们刚跑到马路中间,就听见一阵刺耳的刹车声,刘浩扭头一看,一辆小货车刹车不及正向他们冲来,刘浩大叫一声:"欣儿!"他使出全身力气把欣儿一推,然后就是一阵巨响,他自己什么也不知道了……

刘浩醒来的时候,发现自己躺在医院的病床上。他朝左右一看,病房里只有自己一个人,欣儿呢?刘浩大叫:"欣儿!欣儿!"医生闻声赶来,对刘浩说:"你的伤势不重,只是有点轻微的脑震荡。"刘浩问医生:"我的女朋友呢?"医生诧异地说:"没见有女的,现场只有你一个人,撞你的司机还等在外面呢。"

过了会儿,那个司机来了。刘浩问他:"当时和我一起过马路的女朋友呢?她现在在哪里?"司机一脸茫然,也说当时就看见刘浩,旁边没别人。刘浩心想:看来一定是欣儿被自己推得远远的,所以没人注意到她;这会儿,她一定是急着替自己回家取治病的钱去了。

可奇怪的是,刘浩等啊等,欣儿却一整晚都没出现。刘浩急了,给家里打电话,没人接,打欣儿手机,说他拨的是空号。不对呀,这个号码明明是自己拨熟了的!再一查,见鬼了,明明自己手机里存了欣儿号的,可找了半天也没有找到。刘浩心里顿时七上八下的,一整晚都没合眼。

第二天,刘浩单位的陈主任和小李到医院来看他。一见面,刘浩就问他们看见欣儿没有,谁知他们却反问刘浩:"谁是欣儿?"刘浩生气了,板着脸说:"还有谁,我女朋友啊!就是那回吃饭把你们俩灌醉了的那个!"陈主任一愣,用很奇怪的眼神看着刘浩,说:"你什么时候有女朋友了?还和我们喝过酒?我们怎么不知道啊?"小李也说:"我们确实不知道你有女朋友,更没见过她。你被车撞了,可能……那个……瞧你满眼血丝的,多休息几天再说。"

他们两个带着奇怪的表情走了,刘浩感觉,他们一定是以为他被车撞出精神病了。可问题是,刘浩和欣儿认识已经两年,住在一起都快半年了,欣儿常来单位等刘浩下班,他们两个怎么今天会这么说话?一种不祥的预感突然涌上刘浩的心头:会不会是欣儿已经死了,他们这是故意用这个办法安慰自己?

刘浩于是赶紧拿出手机,给欣儿最好的朋友王丽打过去,问她欣儿在哪里。王丽说:"对不起,我的朋友里没有叫'欣儿'这个名字的。咦?你是谁啊?我不认识你!"说完,就把电话挂了。这下,刘浩害怕了,又连连给欣儿的同事和其他朋友打电话。可真奇怪,那些人都说,他们从来不认识什么欣儿。

这究竟是怎么回事?尽管病房里的空调开得暖暖的,可刘浩却紧张得满头冒冷汗,心也跟着一起发冷……他抱着最后一线希望,把电话打到自己父母那里,前两个月他把欣儿带回家给父母看过,连结婚的日子都和父母商量定了呢。

刘浩的父母在外地,电话刚通,他妈就在电话那头唠叨起来:"浩儿啊,我现在啥也不图,就盼你早点找个女朋友带回来。你年龄也不小了……你怎么了?在听我说话吗?"刘浩吓得话都说不清楚了:"妈……女朋……女朋友,欣……欣儿,欣儿……""什么杏儿、杏儿的!妈的话你听进去了没有?别不当回事!知道吗,有了女朋友,赶紧带回家来给我们看看!"

刘浩一听妈这么说,惊得浑身颤抖,脑子里一片空白。挂了电话,他好久好久才回过神来:难道欣儿突然人间蒸发了?这不可能呀!让他想不通的是:父母不会骗自己,就算欣儿出了事,他们也不用这么瞒自己呀?他想起了自己平时和欣儿在一起的点点滴滴。对了,不是还有照片嘛!他家里足足有欣儿两大本影集。想到这里,刘浩立刻溜出病房往家里跑。

可是刚进家门,他的头就"嗡"一下炸了:这是自己的家吗?墙上挂的欣儿的大照片没了;欣儿放在门口的拖鞋、留在他家的衣服也不见了影。刘浩疯了一样的拉开抽屉找影集,可是没有!没有!散着的一堆照片里,不但没有欣儿的,就连他们两个人的合影也没有,剩下的,都是刘浩一个人在那里傻傻地笑。更让刘浩目瞪口呆的是,他原先已经把自己睡的那张单人床换成了双人床,那天还是和欣儿一起去看中买来的呢,可现在新的双人床又换回了已经扔了的那张单人床。

这一切究竟是怎么回事？刘浩绝望地抱着头,扯着头发。感觉告诉他,欣儿肯定在,他翻来覆去地想,最后决定去欣儿的老家,到她父母家里去找,欣儿曾经告诉过刘浩她家的地址,但刘浩从来没去过。

刘浩打定主意,一分钟也没有耽搁,就连夜坐火车赶到了那里,他不顾三七二十一,一找到欣儿的家就拼命地敲门。门开了,一个很和蔼的老先生走出来,问他找谁,刘浩颤抖着声音说:"我找欣儿。"那老先生很奇怪地打量了他一会儿,然后朝里屋喊了声:"欣儿! 有人找。"

刘浩的心都要跳出来了:我的欣儿,我终于找到你了! 你怎么回老家也不和我说一声? 正想着,一个熟悉的身影已经飘了过来:"你是——"刘浩激动得眼泪都流出来了:"欣儿,我是刘浩啊! 我终于找到你了! 你怎么……"可是欣儿看着刘浩,却露出一脸茫然的神色:"我不认识你。请问你是谁?"

刘浩愣住了:这模样,这声音! 明明是欣儿,她怎么会不认识我了? 他冲上去,一把抓住欣儿的胳膊,使劲摇晃着喊道:"欣儿,你仔细看看,你怎么不认识我了?"

还是站在旁边的老先生冷静:"年轻人,别激动,看你的样子,是从很远的地方来的吧? 先进屋坐,有什么事坐下说吧!"

刘浩于是便进屋,坐下来,详详细细把自己和欣儿的事讲给他们听。刘浩心想:会不会是因为自己车祸的事,把欣儿吓傻了,以至于把过去的一切都忘记了? 电影里不是常有这样的故事! 他希望通过自己的讲述,让欣儿想起一切来。可遗憾的是,欣儿脸上除了吃惊,什么表情也没有;欣儿的父亲很同情刘浩的遭遇,但他肯定地告诉刘浩,欣儿毕业后一直在当地工作,从来没有去过刘浩生活的那个地方。

刘浩眼巴巴地望着欣儿,那样子就像一条无家可归的流浪狗。欣儿叹了口气,对刘浩说:"真对不起,我真的不是你要找的那个欣儿。不过我很羡慕她，能有一个这么爱她的人，是多么幸福的事！可惜，我不是她呀。"

人家都这么说了，刘浩还能说什么，总不能死赖在他们家里不走吧？他只能沮丧地回来。接下来的日子，他每天和往常一样，照常上下班，从此再没提过欣儿的名字，同事和朋友们都以为他的病好了，可其实刘浩的心里每天都在疼，他时时刻刻没有放弃寻找欣儿的念头。

几个月后的一天。下班后，刘浩和往常一样乘公共汽车回家，他心里正想着：当初自己不就是在公共汽车上和欣儿认识的吗？就在这时，他突然听见欣儿在叫他："刘浩！"刘浩心里猛一震，回头看，天！真的是欣儿！欣儿就站在刘浩身后，她高兴地对刘浩说："我上个月刚来这个城市上班，这么巧，今天就碰见你了！"欣儿还告诉刘浩，说自己本来就一直想来这个城市发展，自从刘浩去了她家，倒提醒了她，于是她就往这儿的好几家公司投简历，果然被一家公司看中，于是就过来了。刘浩听得云里雾里的，他实在搞不清眼前这个欣儿和自己以前的女朋友欣儿是什么关系，不过他听到眼前这个欣儿一说出她现在工作的公司名称，心里就一个"咯噔"：怎么这么巧，以前的欣儿原来也在这家公司上班的啊！

后来，因为他们每天坐同一路车上下班，两个人熟了起来，刘浩渐渐把以前的欣儿和现在的欣儿感觉成了一个人，他们开始约会、泡吧、看电影。刘浩把欣儿介绍给朋友，他们都笑着骂他，说他演的是哪出戏啊，明明是现在才有欣儿，干吗那个时候一次又一次地逼着他们问啊。

到了年终，公司吃年夜饭，员工家属都被请来了。酒桌上，欣儿把刘浩的顶头上司陈主任和那个同事小李灌得酩酊大醉。刘浩此刻突然又想起了以往的一切，以前的欣儿和现在的欣儿，以及围绕着她们的点点滴滴，就像在重放一部电影。怎么两个欣儿前后发生的事完全一样？莫非在碰到现在这个欣儿之前，自己生活中根本就没有欣儿这个人，原来的那些记忆都仅仅是自己的一种幻觉而已？

刘浩忍不住把这一切全给欣儿说了，欣儿也觉得很奇怪，便陪刘浩到医院去咨询专家。专家听了之后，对他们说起了生活中常见的一种情况，就是当人的大脑受到震荡时，有些人会失去记忆，称为"失忆症"，而有些人不同，反而会凭空增加记忆，这有些像"臆想症"。平时生活中往往有些人会有这样的体会：正在发生的一件事甚至一个场景，似乎以前曾经在哪里经历过，真要说又说不出个所以然来。至于刘浩为什么有如此清晰的"臆想"，而且又和现实如此吻合，专家也说不出个究竟，现代医学实在还有太多太多的奥秘等着人类去探究。

但不管怎样，刘浩现在想的是：自己终于和欣儿在一起了，必须努力珍惜才是。刘浩把欣儿带回家与父母见面，并且商定了结婚的日子；回来之后，他们就开始买房、装修、购置结婚用品，尤其是那张新床……所有的一切，竟和"以前"一模一样！

这天，天气很冷，半空中飘洒着牛毛一样的雨丝，刘浩和欣儿看完午夜场电影，准备回家，街对面正好有辆出租车空着，刘浩就拉了欣儿跑过去，一边跑一边向司机挥手。谁知他们刚跑到马路中间，就听见一阵刺耳的刹车声，刘浩扭头一看，一辆小货车刹车不及正向他们冲来，刘浩大叫一声："欣儿！"他使出全身力气把欣儿一推，然后就是一阵巨响，他自己什么也不知道了……

不知过了多久，刘浩醒过来了，他心里恐惧极了，大叫："欣儿！欣儿！"这时，一双柔软的手伸过来，紧紧握住了他的手。然后，刘浩看见了欣儿泪流满面的脸庞，欣儿对他说："浩，我在这里，你放心，我会一直在你身边，一生一世！"

（花　　剑）

（题图：刘斌昆）

我的爱情鸟飞走了

　　赵宝宝在厂里当技工，可工厂因经营不善倒闭，他下岗了，为了维持生计，他干起了捡破烂的营生。

　　这天，赵宝宝蹬着三轮去捡破烂，远远地看见垃圾堆上有一个亮晶晶的东西，走近了一看，是个用金属做的仿真玩具机器人，肚子里塞满了线路，还有电子心脏和电子大脑，只可惜胳膊和腿都断了。赵宝宝平时就喜欢摆弄这种东西，现在看到这么好的东西竟然被折腾成这个样子，心里不由叹息了一声："可惜呀！"他两只眼睛忍不住四下里打量起来，还好，断的胳膊和腿都在，只不过被扔得东一只、西一只的，赵宝宝于是就把它们收拾收拾，兴冲冲地带回了家。

　　他在家里整整鼓捣了三天，这个金属玩具机器人终于重新站了起来,既神气又漂亮。赵宝宝看着它,不由叹了口气:"唉,我就是把你修理得再漂亮,你也不过就是个机器人。明天我还是把你送到回收站去吧,还可以换点钱回来,要知道,我三天没出去干活,明天吃饭都不知道钱在哪里呢!"

谁知赵宝宝这番话刚说完,只见一道白光闪过,他的手一下被机器人抓住了。机器人用瓮声瓮气的声音说:"你别把我卖掉,我是你的朋友呀!"

赵宝宝一怔,惊讶道:"你……你怎么会开口说话?"

机器人说:"多亏了你的精湛手艺,才使我得以重生。我愿意永远跟在你身边,做你的朋友!"

这下赵宝宝可高兴了:"太好了,往后你就和我一起捡破烂吧,这下我可不再寂寞了!"

就这样,机器人每天不怕累不怕脏,跟着赵宝宝走街串巷,帮他收破烂。赵宝宝挺会动脑筋,琢磨着还给机器人输入了非常先进的电子程序,这样一来,机器人就更神奇了,不但帮赵宝宝干活,空下来还为他唱歌跳舞,讲故事写文章,到后来甚至哪里有废品,机器人都能替赵宝宝预先测知,赵宝宝乐得直夸它:"你真不愧是我的好朋友啊!"

有一天,赵宝宝和机器人去马路上收废品,刚来到路口,就见两个胳膊上戴红袖箍的管理员在对一个姑娘大喊大叫,走过去一看,原来姑娘是从乡下来的,在这里摆摊卖蔬菜,赚点生活费,管理员说姑娘占道影响交通,要罚她300元。赵宝宝看姑娘挺可怜的,就忍不住上去为她求情,谁知管理员竟朝赵宝宝瞪起了眼睛:"你是什么人?敢妨碍我们执法?"赵宝宝被他们训得一时不知说什么好。这时候,只见原本坐在三轮车上的机器人"腾"地从车上跳下来,不慌不忙地上去把两个管理员拉到一边,在他们耳旁"嘀嘀咕咕"说了几句什么,那两人一听脸色大变,撇下赵宝宝撒腿就跑。

赵宝宝觉得很奇怪,问机器人:"你刚才跟他俩说了什么?"

机器人说:"我用电磁波接通了这两个人的大脑,得知他俩是冒充管理员骗钱的骗子,我就把他俩过去干的坏事说了一遍,还说我已经通知了派出所,警察正向这边赶来呢!"

赵宝宝一听乐坏了。

再说那个姑娘,得救后感激不尽,她告诉赵宝宝她叫青苗,还连声说:"谢谢大哥,谢谢大哥!"赵宝宝看这姑娘虽然长得精瘦,却挺漂亮的,他心头一热,脸上不禁一阵发烧。从这天开始,赵宝宝每次出去收废品,总要到那条路上转转,而青苗也总会在那里出现,她把卖菜的摊位固定在那里了。

这让机器人很弄不懂,他问赵宝宝:"那条路上的废品都被我们收完了,你怎么还每天往那里跑?"

赵宝宝说:"你哪知道这个? 这叫恋爱!"

"恋爱? 恋爱是什么东西?"

"你也想知道恋爱是怎么回事? 你等着。"当晚,赵宝宝就热心地将古今中外关于爱情的故事做成软件,输入机器人的大脑,而他自己忍不住又去找青苗了。

赵宝宝天生是个腼腆的人,在青苗面前,那个"爱"字怎么也说不出口;而他不说,青苗就更不好意思说了。机器人于是就批评赵宝宝说:"你这是心理怯场,这样怯场可不行!"

赵宝宝惊呆了:"你怎么知道我怯场?"

机器人说:"我的电磁波告诉我的。"

赵宝宝一下抓住了机器人的手:"那你快告诉我,该怎么办?"

机器人眼睛一闪,说:"初恋的人都会出现这种怯场心理,你不妨先学学中国人的含蓄,给青苗读一首诗表达你的爱意。"说着,机器人就把大脑里储存的一首爱情诗朗诵给他听。

第二天,赵宝宝就把这首诗背诵给青苗听,赵宝宝才背诵了第一句,青苗的脸就红了,等赵宝宝把全首诗背诵完,青苗害羞得都不敢正眼看赵宝宝。赵宝宝回来后把这个情况给机器人一说,机器人可得意了:"初战告捷!接下来,你就该学学英国人的精细了,在生活中要处处体贴她。"

赵宝宝于是就按机器人说的去做,下雨天给青苗送伞,酷暑天给青苗送凉,青苗卖菜收了摊,赵宝宝就陪她走夜路回家。这一来,两人的爱情温度果然加速倍升,赵宝宝乐坏了:这个机器人,简直就是恋爱专家呀!

这天,赵宝宝又去找青苗,一看,青苗的菜摊还在老地方摆着,可人却没了影。赵宝宝正在纳闷,忽然听到墙后面传来一阵轻轻的说话声,他悄悄走过去一看,正是青苗,可她身边坐着的却是那个机器人。只听机器人正唾沫四溅地对青苗说:"这个世界永远是优胜劣汰,强者胜出,他赵宝宝连谈恋爱都要我手把手教,我教会了他中国人的含蓄和英国人的精细,可他不知道,恋爱更需要美国人的大胆呀!唉,我再怎么教他,他也是一个笨蛋,这样的笨蛋不被淘汰出局才怪!青苗,亲爱的,有我的智商,再加上你的美丽,我们俩才是最佳组合呀!"机器人说着,从口袋里掏出一个漂亮的戒指,把它戴到了青苗的手上,然后就俯下身去,深情地吻着青苗……

赵宝宝傻眼了,张着嘴巴呆在了那里……

(王武生)

(题图:安玉民)

神奇的木楔

俞师傅是方圆百里最好的木匠,一般木匠做活离不开铁钉,可俞师傅做活都是用木楔。他最绝的手艺就是做木偶,经他手做出来的木偶,关节处都是用木楔咬合的,可以360度地转,手脚完全能像真人一样地动。

俞师傅从小家里生活很苦,后来父母亲又相继病逝,只他一个人过日子。到了成婚的年龄,眼看着村里同龄的人都先后成家,他却还是光棍一个,这滋味可不好受啊,俞师傅夜夜在床上翻来覆去睡不着觉。

屋子里有一堆上好的木料,本来是父母早早留着给儿子以后结婚用的,可现在老也用不上,俞师傅看着就觉得特别烦心。有一天晚上,俞师傅看着这堆木料忽然心生一念,他拿起平时做生活的家什,又砍又刨,又雕又琢,足足花了几个月的工夫,居然做出一个和真人一般大小的木偶。

这个木偶是个漂亮的姑娘,圆圆的脸蛋,挺挺的鼻梁,还有一副苗条的身材。俞师傅越看越喜欢,后来还硬是自己吃一顿饿一顿的,用省下的钱去买回一个假发套,还有一身衣服,给木偶穿戴上。从这之后,俞师傅有事没事的总喜欢和这个木偶姑娘说说话,就是自己出门接活了,也总是让木偶姑娘坐在屋里,说是让她替自己看家。

这么一来,村里人茶余饭后的谈兴就浓了,都说俞师傅家里来了个"田螺姑娘",说俞师傅有一天早上起来,发现家里打扫得干干净净,饭做好了,水缸里的水也挑满了,他心生疑惑,跑出院子一看,一个大姑娘正在清扫院子,而且还特别脸熟,原来她就是俞师傅做的那个木偶变的,姑娘是来给俞师傅做老婆的啊!

俞师傅和田螺姑娘的故事越传越神,俞师傅的生意于是就更加火爆起来,甚至很远地方人家要做什么,也来找俞师傅帮忙。后来,俞师傅日子好过了,真娶了一个如花似玉的老婆,人们问他,俞师母是否真是那个木偶变的,俞师傅"嘿嘿"地笑,说:"木偶哪能变成人呢?那种手艺,只有神仙才有啊!"

俞师傅和俞师母结婚后,好几年都没有生育,有人建议俞师母去求送子观音,俞师母就真去了。谁知这一求,也不知道是神仙显灵还是撞了巧,俞师母真怀上了。许了愿是要还的,俞师母在有了三个多月身孕的时候,选了一个好日子去还愿,可没想这一去就再也没有回来。

俞师母会到哪里去了呢?俞师傅到处找,可就是找不见。一晃,将近二十年过去了,外面发生了翻天覆地的变化,可俞师傅一直都没有忘记俞师母,日子越是好过了,他想老婆越是想得厉害,孤身一人,再没找过别的女人。

这天傍晚,俞师傅吃过晚饭,看了一会儿电视就上床睡觉了。刚睡了没多久，他忽然被一阵很响的敲门声惊醒，赶紧披着褂子起来，问道："谁啊？半夜三更敲门，有什么事啊？"

门外回答："我有急事，师傅，听说您是这方圆百里最好的木匠，我求您帮忙做个木匠活。"

俞师傅一听，是个女子细细的声音，他猜想人家一定是碰上了什么难事，就连忙跑去把门打开。只见门外黑暗处站着两个人，一个二十来岁的姑娘，搀着一个看上去已经有些岁数的女人，估计她们是母女俩。

那闺女见俞师傅开了门，忙道："师傅，我妈她年纪大了，心脏不好，想请您帮忙换个心脏。"

俞师傅吓了一跳："我只是个木匠，换心脏的事，得找医生啊！"

那闺女说："师傅，求您了，您就先给她做个木头的用着。我们娘俩出门在外，这也是实在没办法的事情。"

闺女苦苦哀求着，她妈却一言不发，用手捂着胸口，嘴里呻吟着。人的心脏怎么可以用木头做呢？但俞师傅经不住那闺女的苦苦哀求，最终还是答应了。

既然是做心脏，就得用最好的料。说来也巧，当年做木偶姑娘时正好还剩下一块料，于是俞师傅就把它找出来，又拿出木匠家什，用了半夜的时间，终于把心脏做出来了。这颗木头心脏，俞师傅是用了九九八十一个木楔，将一百块大如指甲、薄如瓜仁的小木条镶嵌起来的，完全可以像真的心脏一样扩张和收缩。

俞师傅做木头心脏的时候，那母女俩怎么也不肯进屋，一直站在门外等着，当俞师傅把做好的心脏交给她们的时候，那闺女真是喜不自禁，她从俞师傅手里接过后就朝她妈怀里揣，只片刻工夫，就见她妈手不再捂胸口了，嘴里也不再呻吟了，人也好像突然变年轻了。而这个时候，俞师傅看到那闺女手里却捧着一颗还在微微跳动、但已经扭曲变形了的心脏，这显然就是从她妈身上刚换下来的那颗生了病的心脏,俞师傅惊呆了。

黑暗中,闺女她妈连连向俞师傅道谢:"谢谢师傅,谢谢师傅!"俞师傅听到这个声音,人顿时就傻了,感觉就像炸雷在自己耳边震响:怎么这声音这么像自己原来的老婆呀? 时间已经很晚了,母女俩向俞师傅借宿,俞师傅安排她们在隔壁房里睡下后,他自己却躺在床上翻来覆去睡不着,想着这一晚上发生的事情,越想越奇怪。

迷迷糊糊中,他忽然看见借宿的那个闺女她妈从门外走进来,径直走到他的床头,坐下来低低地向他哭泣道:"二十几年了,你还记得我吗?"借着窗外的光,俞师傅看着女人的脸,不觉眼睛发直了:她分明就是自己失踪了二十几年的老婆啊!

俞师傅一下翻身坐起来,抱住老婆哭喊着:"这二十几年了,你去了哪里?"

老婆抚摸着俞师傅花白的头发,泪眼婆娑:"我那年去庙里还完愿,回家的路上碰到一个女人,她说我肚子里的孩子不好,要带我去检查,谁知她是个骗子,我跟着她一走就走了好远,最后被卖到山里,给人家当老婆。这么多年了啊,我一直想回来看看,可那个山里人看我看得紧,况且我也不认识回来的路……唉,我真想你啊,我的那颗心,就是想你想成了那样……"

俞师傅一边听一边长叹,抹着泪花说:"都怪我,都怪我啊,当年要是陪你一起去就好了。"

老婆还是不停地哭:"我这回是趁那个山里人对我放松些才出来的,我骗他说要出来散散心,其实就是想见见你。"老婆哭得泪人儿似的,俞师傅紧紧抱着她:"别回去了,就留在这里吧。"

老婆说:"不成啊,我跟那个山里人已经有了两个娃,我放不下他们啊!"老婆一边抽泣着,一边拉过俞师傅的手,说,"那年我给你生了个闺女,如今都长这么大了,我带回来让你看看。"俞师傅明白了,那个闺女其实就是自己的女儿……

　　他们两个人就这么抱着头说说哭哭，哭哭说说，不知不觉外面的天已经亮了。俞师母擦擦眼泪，站起来说："我要走了，你要好好保重身体，如果以后有机会，我还会回来看你。"说着，就向门外走去。俞师傅哪里舍得让她走啊，"别走!"他大喊一声，伸手去拉老婆，可没拉住，猛追上去，却被门槛绊了一下。这一绊，他醒了!

　　难道刚才的一切全是梦? 这时候，外面天已经大亮，俞师傅想着梦里的情景，忍不住跑到隔壁房间去找母女俩。母女俩已经走了，床上的被子叠得整整齐齐，床头放着一个小布包，俞师傅打开布包一看，里面竟是那颗因为思念而扭曲变形了的心脏!

　　从此，俞师傅终日茶饭不思，寝食不安。

　　两天后，有警察找上门，让俞师傅去认领尸体。俞师傅一愣："你们是不是搞错了?"警察说："死者坐的长途客车严重超载，结果路上翻车了，我们从她身上找到的地址就是你的，旁边还有个年轻姑娘，和死者手拉得紧紧的，估计是一对母女……"俞师傅心里"咯噔"一下，警察话还没有说完，他眼泪就淌了下来。

　　村里人都说俞师傅真不幸，有了老婆没多久，老婆就被人拐跑;二十几年了，老婆刚回来看过他，却又在路上出了车祸……

　　俞师傅没把老婆送火葬场，而是打了口上好的棺材，然后找了个山清水秀的地方，悄悄让老婆睡棺材葬了。他原想事情可以就这么过去，可这是不允许的，没办法，只得再把埋在地下的老婆给挖出来，送去火葬。当挖开坟重新打开棺材时，谁知又出奇事了:棺材里哪有老婆的影子，只有他当年做的那个木偶。不过，木偶身上穿的衣服，鬓角上别的小绒花，却分明是他在给老婆下葬时穿戴上的……

（麦　洁）

（题图:谢　颖）

明日晨报

　　一天凌晨,一个中年人走进《新鑫都市报》报社,他自称叫柳涛,说是要见总编,有重大新闻照片要提供。

　　值班记者陈磊见来人穿着一件脏兮兮的夹克衫,瘦长的脸上显出几分疲惫,不过那双眼睛却很有神,便试探着问:"你的新闻照片是什么内容?"柳涛回答说:"是关于化工厂火灾的。"陈磊一听,心里不由犯起了嘀咕:化工厂地处西郊,火灾就发生在40分钟前,一般市民不可能这么快知道,报社也是20分钟前才得到消息,派去的记者可能还在路上,而这其貌不扬的中年人竟然声称带来了照片?

　　陈磊让柳涛把照片拿出来看看,柳涛从包里取出数码相机,按下"回放"按钮,陈磊一看,顿时惊呆了:老天啊,果然是化工厂火灾的现场照片!

这照片太有新闻价值了,于是陈磊立刻将情况报告主任,主任又报告总编。就这样,《新鑫都市报》不费吹灰之力就得到了重磅新闻材料,那天的报纸卖疯了!

这张照片为柳涛挣得了五百元的新闻线索提供费,柳涛于是积极性大增。他提供的第二次新闻线索,是一个月后拍的照片,这是那天凌晨发生在城北铁道上的车祸,一辆轿车横穿铁轨时突然熄火,被飞驰而来的火车当场撞烂,画面惨不忍睹。

照片是在火车头撞上轿车的一刹那拍下来的,画面上连玻璃碎片都拍得极为清晰,报社那些老摄影师对柳涛的摄影技术佩服得五体投地,照片再次在社会上引起轰动,《新鑫都市报》的热线电话都快打爆了。

这张照片柳涛要价五千元,总编没有片刻迟疑,立刻签字同意。总编热情地邀请柳涛:"柳先生,想不想来报社工作啊?我们报社就需要你这样的人才,你有什么要求,尽管提。"

柳涛不置可否,说再考虑考虑。

这天晚上,柳涛正睡得迷糊,忽然听到窗外传来响动,正要喝问,几个蒙面人从天而降。其中一个胖家伙掐住他的脖子,往他嘴里塞臭袜子,三下五除二把他捆了个结实,紧接着,他们就在他屋里翻了起来。可让这帮家伙失望的是,他们到头来什么都没翻到,狠狠扇了柳涛几个耳光之后,只得悻悻地走了。柳涛很清楚,这几个家伙肯定是冲着钱来的,而且因为自己每次都能在第一时间赶到事发现场拍照,为报社提供线索,很多人就疑惑他可能通过了什么渠道,就想到他家里来探个究竟。

其实要说原因,这里倒是真有个原因,关键就是柳涛放在书桌上杂志下面的一张报纸,《明日晨报》!看上去,这张报纸外观和普通报纸没有丝毫差别,但里面的内容却非常神奇,讲的都是本地明天将要发生的各种事情,说它是"明天的报纸",一点不为过。

说起这张报纸的来历，十分奇特。

前段日子，柳涛丢了工作，心情很烦躁，那天晚上他灌下半斤白酒，然后在街上转悠，走累了，想扶着街边一座公用电话亭休息一下，那时正是午夜零点。柳涛忽然听到电话亭里的电话机发出轻微的"嗡嗡"声，仔细一听，竟是电影《星球大战》里的主题曲，他以为是自己的幻觉，正要走开，猛地被一阵风推了一下，恍惚间来到一个狭窄的金属房间，只见墙上挂着一个稀奇古怪的显示屏，上面的绿灯闪个不停，似乎是在提示他输入密码，他稀里糊涂地便把自己的手机号输了进去。不一会儿，《星球大战》的乐曲声停了，他做梦也没想到，他无意间竟闯进了"零点之门"！

要知道，时空隧道原本就是漂移状态，撞进去的概率只有十亿分之一呀！柳涛清醒以后发现自己还站在街上，愣了半天神，然后就摇摇晃晃地回家了。

接着就发生了十分奇异的事：七天后的一个晚上，柳涛正在屋里看电视，他的手机忽然震动起来，又响起了《星球大战》的主题曲，接着，一个东西从窗口飞进来，速度快得惊人，等落到地上一看，柳涛才发现那是一张报纸，就是《明日晨报》。从那以后，每天晚上到这个时候，柳涛都会收到这份报纸，上面讲的都是本地第二天将发生的事情。于是，柳涛能够在第一时间赶到现场拍照，就不足为怪了。

经历过蒙面人事件之后，柳涛决定接受《新鑫都市报》总编的邀请，去报社上班。他觉得自己单枪匹马没有安全感，而且报社是正规单位，收入也有保障，加上自己有《明日晨报》垫底，不怕完不成领导交给的任务。

果然，柳涛上班后工作业绩十分突出，据调查，百分之七十的读者买《新鑫都市报》，就是为了能在第一时间看到柳涛拍的新闻照片。而且社里还传闻，过了年柳涛就将升任总编助理。

这可把一个叫"陈磊"的人惹恼了,因为陈磊一直认为这个位子非自己莫属,现在被柳涛抢了位子,他怎么忍得下这口气?愤怒、嫉恨、羞耻……其实,陈磊早就隐隐约约有这种危机感了,上次去柳涛家翻东西的胖子一伙,就是他雇来的。

经过苦苦思索,陈磊悄悄地在柳涛家的对面租了一间房,一有空就用望远镜监视柳涛的行踪。他的目的很明确,一是要弄清柳涛提前得到重大新闻线索的秘密渠道,二是要干掉柳涛,这样,自己在报社不要说是总编助理,要不了多久,就是总编的位子说不定都是自己的啦!

一个多月过去了,这天晚上,《明日晨报》照例又准时从窗外飞进柳涛屋里,正巧这时陈磊拿着望远镜在朝柳涛这里看,而柳涛却浑然不觉。

柳涛在浏览报纸时,看到中缝地方有一则小新闻,说《新鑫都市报》记者陈磊昨晚在绿化路被杀,据目击者称,现场曾有一个神秘的胖男人出现,目前警方正在调查,云云。柳涛心头一动:《明日晨报》上说"昨晚",不就指的是"今晚"吗?这么说来,自己的这个同事陈磊今晚将要命归黄泉?那么……那个"神秘的胖男人"又是谁呢?柳涛决定去绿化路看看。

这时候,外面起浓雾了,柳涛小心翼翼地将车开到绿化路,放慢车速,寻找陈磊的影子。可他做梦也不会想到,其实此刻陈磊正开着车在后面盯着他,随时准备对他下手。

柳涛在绿化路上绕了一大圈,始终没见陈磊的影子,于是就在路边把车停了下来。他推开车门,想下车透透气,跟在后面的陈磊不由心中大喜:只要柳涛下车,他一踩油门冲过去,就可以当场撞死他,然后趁浓雾来个"胜利大逃亡"。可陈磊万万没有想到,"螳螂捕蝉,黄雀在后",也就在这时,浓雾中突然扑过来一个胖子,就是陈磊派到柳涛家去翻找东西的那个家伙,上次陈磊许诺他谢以重金,不料事过之后却百般抵赖,后来陈磊悄悄租房跟踪柳涛,胖子以为陈磊是存心避开自己,又气又恼,现在冷不丁仇人相见,胖子哪里肯放过他,抓着他的车门把手,就是不肯放。

陈磊正一门心思盯着柳涛,眼看被胖子搅了机会,他心里一急,吼道:"快滚,我正忙着呢!"胖子心想:明明是你欠了我的,居然还这么蛮横?于是"呼"地从腰里摸出一把砍刀,"砰"把车窗玻璃砸得粉碎。陈磊吓坏了,边掏手机边嚷嚷:"你……你……"胖子根本不容他说什么,一刀捅过去,只听陈磊"啊"一声怪叫,随后就瘫在了驾驶座上。

黑夜里,陈磊的叫声飘过了半条街,在浓雾里显得格外凄惨。柳涛听到动静,急忙开车过来,他刚抓了相机跳下车,这时,一个胖子突然从他身后蹿出来,手里的刀对准他的脑袋狠狠砍了下去……

柳涛清楚地记得,《明日晨报》报纸中缝的那则小新闻上,明明只提到陈磊的死,怎么他柳涛也要来垫背呢?刹那间,他意识到自己遇到了一条虚假新闻。

(风　快)

(题图:谭海彦)

人面兽心

　　大山从小就和父亲相依为命。

　　这一天，老人突然脸色发青，嘴唇发紫，出气都费劲，大山急了，背上父亲直奔医院。医生检查了一下，责备说："怎么现在才送来？马上手术！你先去把押金交了。"

　　大山掏出所有的钱，远远不够，他求医生："救命要紧，您先做手术，我这就回去借钱！"医生皱了皱眉，叹了口气，悄声对大山说："这事我说了不算，你马上去楼上主任室，看看主任能不能同意你暂缓交钱。"大山一听，直往楼上奔。

　　主任室里，秃了顶的主任正在喝茶看报纸，大山一头冲进去，秃顶主任吓了一跳。大山求主任说："主任，求您先救救我父亲，押金我回家砸锅卖铁也给您送来！"

　　主任一听就皱眉："医院不是慈善机构，如果我们做了手术而你却交不上钱，怎么办？这样的事我们见多了。"大山急得泪流满面，还想再求主任，可主任已经不耐烦了，对闻声赶来的保安一挥手："叫他出去！"

　　大山这个堂堂七尺男儿，因为交不上父亲手术的钱，哭得声嘶力竭。父亲躺在长椅上，只有出的气没有进的气了，他用微弱的声音对大山说："回家，咱死也要死在家里。"

　　大山的眼泪都快哭干了，他站起来，准备背父亲回去，这时从父亲躺着的长椅后面走出一个瘦小枯干的人来，一双眼睛闪着莫测的蓝光。他拍了一下大山，说："我刚才看你半天了，你想救你父亲？"大山连连点头。"那好，跟我来。""蓝眼睛"不知从哪里开出一辆豪华轿车，他让大山父子俩赶紧上车，然后风驰电掣般向远方开去。

　　当一栋孤零零的白色楼房出现在眼前时，大山的父亲已经气若游丝了。蓝眼睛一招手，立刻跑出来四五位训练有素的护士和医生，片刻之后，大山的父亲被送上了手术台。

　　蓝眼睛拿出一份协议书，送到大山面前，大山一看内容，顿时吓了一跳：手术内容竟然是用一颗壮年狼的心脏，来替换他父亲那颗马上就要衰竭而死的心。

　　这……这怎么可以？大山惊讶地瞪大了眼睛。蓝眼睛劝他说："难道你就看着老人死在你面前？你放心吧，手术一定能成功，我保证还你一个健壮如牛的父亲，而且不收你一分钱。"

　　听说手术一定能成功，而且不要一分钱，这总比亲眼看着父亲死去强啊！此刻，大山脑海里闪过的全是父亲平时对他百般疼爱的一个个镜头，他咬咬牙，颤抖着在协议上按了手印。

　　果然，手术非常成功。半个月后，大山与父亲一起走在回家的路上，父亲真的就像蓝眼睛说的那样，简直比牛还要健壮，这么远的路，大山都走得筋疲力尽了，可父亲却连大气都不喘一口。

从此大山安心工作,再也不用担心父亲的身体了。

可是没过多久,细心的大山发现父亲有点不太对劲儿,不但饭量猛增,而且极喜欢吃肉,一次,他竟然看到父亲在厨房里拿了一块生肉,就直接放进嘴里吃了。父亲回头看见大山,不好意思地笑笑,说:"这肉闻起来真香!我小时候家里吃不上肉,好不容易杀回猪,我那时候就恨不能吃块生肉。"大山听父亲说这番话,联想起现在在他身上跳动着的那颗狼心,心里禁不住一阵哆嗦。

后来,一连串的怪事接二连三地出现了。先是张大爷家养的老花狗死在了大门外,接着张婶家的大花猫也死在了屋顶上;本来大山家的屋前有一块空地,许多人会带着自己的宠物来这里散步,可最近那些宠物像疯了一样,只要一走近这里,扭头就跑。邻居们对此议论纷纷,大山的心里更是忐忑不安,总猜测这会不会和自己父亲有关,所以每晚睡觉,大山都会起来几次,看看父亲的动静。

这天深夜,他忽然听到门响,冲到门口一看,一个身影健步如飞,从他眼前一晃就不见了,大山赶紧回头去看父亲,发现父亲不在床上。他坐立不安地等了将近两个小时,黑暗中听到父亲蹑手蹑脚地回来了,一会儿工夫就鼾声大作,他悄悄走过去,借着窗户里透进来的月光,他看到父亲的脸上挂着满足的笑容,嘴角还残留着一丝血迹。

他突然明白:那颗狼心已经渐渐开始在父亲的体内发生作用了!白天,父亲是一个和蔼的老人,而当夜幕降临时,他体内的狼的野性就占了上风。

果然,第二天,地方电视台报道了一条新闻:近郊某农户养的二十几只羊,一夜之间全被咬死了。大山父亲看到后很肯定地说:"是狼干的,可这地方怎么会有狼呢?"

原来父亲对自己夜间所做的事竟然一无所知！这以后，为了不让父亲半夜出去，大山开始每天晚上给父亲吃安眠药。这一招开始还真有效，父亲吃了药会睡得很沉，可是一段时间以后，父亲的抗药性越来越大，大山只好不断加大药量。可这样下去，父亲很有可能会一睡不醒，而且父亲自己好像也有所察觉，他不止一次地问大山："我手术后不是恢复得很好吗？为什么还给我吃这么多药？"大山只好骗父亲："这是医生交代的，病去如抽丝，得恢复很长时间呢！"每次，他都要亲眼看着父亲把药吃下去才离开。

这天临睡前，大山刚把药递到父亲手里，电话铃响了，趁他去接电话的当儿，已经吃腻了药的父亲立刻把药扔到了床底下。等大山接完电话回来，父亲朝他一伸舌头："吃完了，连水都喝了。"

大山根本没想到父亲会对他耍花招，可就在当晚，他家附近一条小胡同里，又出了件怪事：一个下夜班的姑娘被人拦劫，正在危急时刻，忽然有个神秘人从天而降，将歹徒扑倒在地。当警方问那姑娘是否看清神秘人的模样时，姑娘惊魂未定地说："感觉……感觉像……像是穿了衣服的狼。"

这条新闻第二天一早就在电视台的早新闻里播出了，而且说那个歹徒是被咬断了喉管，送到医院后不久就死了。看到这里，正和父亲一起吃早饭的大山，手里的筷子"啪嗒"掉到了桌子上。他忽然想起昨晚给父亲吃药的事，试探着问："爸，昨晚你真把药吃了？"

父亲看大山这么认真地问，就摇摇头，坦白说："我把药扔了。""扔了？"大山从凳子上跳起来，"爸，你怎么可以不吃药呢？"他赶紧拉过父亲，仔仔细细地从头查看到脚，终于在上衣口袋的一角发现有一处血迹。"

大山的父亲紧张极了："这是怎么回事？我衣服上怎么会有

血？这……这和我昨晚吃不吃药有什么关系？"面对父亲的追问，大山只好把真相都告诉了他。

父亲一听傻眼了，指着胸口问大山："你是说，这里？我这里跳的是一颗狼心？"他把正端在手里吃饭的碗狠狠摔在地上，"我一辈子也没做过坏事啊，为什么要给我安一颗狼心？去，把那个蓝眼睛叫来，让他把我的心换回来！如果不能换，我宁愿去死。"大山的父亲说到这里，老泪纵横。

看着父亲痛不欲生的样子，大山心如刀绞，当初在协议书上按手印的时候，蓝眼睛并没有告诉他会有这样的后果啊！可是，现在到哪里去找他呢？

就在这时，门铃响了，真是说谁谁到，门外站着的正是那个蓝眼睛。蓝眼睛笑容可掬地说："我是来看看老人手术后恢复的情况。"大山将他扯进门来，吼道："你这个骗人的东西！你把我父亲变成现在这样人不人、兽不兽的样子，你说怎么办？"

谁知蓝眼睛绕着大山父亲转了两圈，却惊喜地说："老人家看起来很好嘛！"大山父亲气得伸手给了他一巴掌："很好？我每天半夜里像只野兽，跑出去咬狗咬猫咬羊，前几天又咬了人，你认为这样很好？"蓝眼睛冷冷地说："老人家，别激动，当初如果医院肯收治你，我又怎么能硬拉你去我那里？况且我这里还有你儿子的手印，是他同意我这么做的。不是有句成语叫'狼心狗肺'嘛，看来我狼心的试验是成功了。告辞！"说罢，他一溜烟就不见了影子。

现在该怎么办呢？眼见天一点点黑下来，父亲咬咬牙，找出一条粗绳子递给大山，说："你把我捆起来吧，谁知道我以后还会闯出多大的祸来呢！"唉，也真就这个办法了！为什么？狼心的作用在大山父亲体内的作用越来越大，一到晚上，简直没法活。大山不忍心看着父亲这么遭罪，就偷偷去菜市场买活鸡活兔给父亲吃。

渐渐的，父亲连白天也变得焦躁不安，他含着泪对大山说："我现在生不如死，你干脆别管我了，让我死了吧!"大山吓坏了，跪在父亲面前说："爸，您就是真变成了狼，也是生我养我的父亲啊! 当初是儿子没钱给您治病，才让您变成这样的，现在，无论如何我也要陪在您身边。"

没多久，父亲的脾气变得越来越暴躁，而且力大无穷。为了牢牢地把父亲拴在家里，大山只好把自己家的门窗一根一根都焊上铁条。

邻居们见他这么干，都看不懂，说这父子俩是疯了还是怎的，怎么把家弄得像个笼子? 大山也不吱声，咬着牙一心只想赶在天黑之前快点把铁条焊完。结果活是赶完了，可他却忘了一件重要的事，就是到菜市场去给父亲买活鸡活兔，他累得一头倒在沙发上就睡着了。

月亮越升越高，越升越高，大山父亲因为没有活物过嘴瘾，变得更加狂躁不安起来，他拼命晃动窗户上的铁条，可铁条纹丝不动。渐渐的，他的目光迷离起来……

第二天清晨，全楼的人都听到一声凄厉的长啸，然后就无声无息了。待警察将这里的房门打开，映在人们眼前的是一片狼藉，大山遍体鳞伤地坐在那里，任警察怎么问，他都呆呆地没有开口说出一句话来。是不愿说还是说不了? 警察里里外外地找，却没有找到大山父亲，只有窗户上的铁条，被硬生生地拔掉了两根。

这起离奇的案子发生一个月后，警方又接到报案，在一处极其隐蔽的白色楼房内，发现有一个死者和数个伤者，现场还有大量动物及实验设备。据伤者口供，那里是一处外国某私人研究机构的实验室，专门研究将动物内脏移植到人体。那个死者正是蓝眼睛，他死于狼人的攻击。

消息一经披露，举世哗然，狼人的行踪成了所有人关注的焦点。

一星期后,同一家医院,走廊上又躺着一位奄奄一息的患者,家属呼天抢地地哀求医生:"救命要紧,您先做手术,我这就回去借钱!"医生皱了皱眉,叹了口气,悄声说:"这事我说了不算,你马上去楼上主任室,看看主任能不能同意你暂缓交钱。"

家属一听,直往楼上奔。主任室里,秃了顶的主任正在喝茶看报纸,家属一头冲进去,秃顶主任吓了一跳。家属求主任说:"主任,求您先救人,押金我回家砸锅卖铁也给您送来!"

主任一听就皱眉:"医院不是慈善机构,如果我们做了手术而你却交不上钱,怎么办?这样的事我们见多了。"家属急得泪流满面,还想再求主任,可主任已经不耐烦了,对闻声赶来的保安一挥手:"叫他出去!"

当天夜里,秃顶主任开车回家,把车停在车库里,然后哼着小曲上楼,可是他不知道,就在他身后,一双绿幽幽的眼睛正盯着他,盯着他……

（竹　韵）

（**题图**:谭海彦）

另 类 趣 谈

人的感情和行为千差万别，正如在鹰钩鼻子与塌鼻子之间，还可能有各式各样别的鼻子。一个面具套不下所有人的脸！

行　贿

　　小涂年纪轻轻就当上了镇政府的"土管员"。土管员,顾名思义是管土地的——土地规划、用地审批等等都归他管。如今管这个可吃香啦,给他送钱送物,跟他套近乎,请他吃饭的人,络绎不绝。

　　这天晚上,小涂又被人请到宾馆里,吆五喝六地大吃一顿,醉醺醺地出来,晃晃悠悠地往回走。突然,一个人拦住了他的去路,瓮声瓮气道:"哎呀,你就是管土地的涂同志吧？总算找到你了。"小涂抬头一看,只见那人穿一身青布衣裤,脚穿一双老布鞋,头戴一顶破草帽,草帽还压得低低的,遮住了大半张脸。他便有点不耐烦地问道:"你找我有什么事？"

　　那人连忙掏出烟来递上一支,说:"有这样一件事,我住在镇东大桥那边的小山脚下,一个人一间小屋,已经住了十几年了。

最近镇长领了一些人到那里去,说是要在那地方造屋,要我迁到别处去住。我想问问,是不是真有这事? 如果真有,能不能让他们到别处去造屋?"小涂一听,便问他:"你有儿子吗?""有。""有儿媳啦?""有了。""那不很好吗? 趁这机会,你到小辈那里去,和他们住一块,安度晚年。""不不不,我不能跟他们一块住。""为什么?""我们的户口不一样。""怎么不一样?""我 12 年前户口就从这里迁出,到阎罗王那里报到啦!"

小涂听了大吃一惊:"啊! 你是鬼?"酒也吓醒了一半。他这才想起,那小山脚下根本没有房屋,莫非他真的是鬼?

鬼说:"我是鬼,但从来不做坏事,今天为了房子才不得不来求你帮忙,你放心,我不会对你怎么样的。"

小涂稍稍松了口气,说:"大爷,你这个忙我帮不了,因为是镇长看中了那块风水宝地,要在那里造房子,我是他的下级,哪管得了他呢?"

鬼说:"这我知道,我不是要你管住他,只求你把我的话转告他:我知道他家一共 3 口人,在县城里有一套三室一厅的房子,是他老婆单位里分的,他自己从镇政府分得一套两室一厅的房子,现在又要再造一幢,那总共就有好几百平方米。而我呢? 住房加门口的空地才 15 平方米,他们还要把我赶走,这公平合理吗?你告诉他,我是不会走的,他如果硬要造,我就找他,我儿子知道了也会找他。"小涂忙问:"你儿子是谁?"鬼却卖了个关子:"他跟你是同学,至于名字么,你就别问了,我是不会告诉你的。"

他们谈着走着,不觉来到镇政府门口。小涂似乎忘了对方是鬼,邀他到办公室坐坐,他也不推让,便跟着小涂走进了镇政府大门,来到了办公室。小涂伸手要去开灯,鬼急忙制止说:"别,你别开灯,你这灯光太强,我的眼睛受不了,咱们就这样聊几句,我马上回去。"小涂这才想到他是个鬼。鬼自然怕亮光,但这样黑灯瞎火的跟鬼坐在一起,又有些害怕,于是忙说:"好吧,咱就不开灯了,我去弄壶开水来泡杯茶,咱们边喝边聊。"

　　其实,小涂弄水是假,只是想借机会出去叫几个人来,万一有什么事,人多胆大好对付。谁知找来找去只找到了镇长,他把碰到鬼的事长长短短地一说,镇长也吃了一惊,因为鬼是冲着他来的,所以壮了壮胆说:"什么样的鬼呀? 我倒要见识见识。"说完,和小涂直奔办公室而去。

　　进了办公室,小涂连喊了几声"老大爷",却无人回答,连忙开亮电灯一看,鬼大爷已不知去向,只见办公桌上放着一个破破烂烂的布袋子,解开一看,里面装着一只大公鸡,另外还有个大红包,包着好几百万钞票,可惜都是冥币。镇长对小涂说:"这件事你千万不要声张,我自有主张。"

　　第二天,镇长便向镇上的老人们了解。这一了解使他出了一身冷汗,原来小山脚下有几座坟墓,其中有一个死者的后代在市里当干部,听说是纪律检查委员会的书记。这样,镇长只能忍痛割爱。他还对小涂说:"你把那只大公鸡杀掉烧熟,到坟前去祭一祭,就说我房子不造了,请他安心。还有,那些冥币也烧了,算是还他,我们不要鬼的东西。"

　　事情虽然是秘密进行的,但纸包不住火,还是被人知道了,于是一传十,十传百,一时传得沸沸扬扬。不信鬼的说:"哪里来的鬼,还不是活人装鬼吓活人。"可大多数人都认为是真的鬼,并且为之拍手叫好。

　　从那以后,有的人发现干部有不正之风,便到坟前去烧香磕头,求那位老大爷出来帮忙治一治,或者请他给他那个当纪检委书记的儿子通个信息。

　　你别说,这一手还很有点威慑作用。因为,凡是敢于以权谋私的干部,他们要么怕鬼,要么怕纪检委。

(覃　勇)

(题图:谭海彦)

从前,在一个山村里住着一对夫妻,结婚多年却没有孩子,他们四处求神拜佛,可毫无结果,弄得夫妻俩老是唉声叹气,连吃饭也觉得缺滋少味。

可谁想到,就在老两口年过五十的时候,妻子竟然怀了孕,十个月后生下一个白白胖胖的儿子。

老来得子,自然如获至宝,老两口合计了半夜,给儿子起名叫金贵。从此,老头儿进门笑嘻嘻,出门就唱戏,连干活都不觉得累了。

金贵渐渐长大,到了会说话的年龄,但他却不肯开"金口",任你怎么教他,他既不喊"妈",也不叫"爸"。这使老两口的心都提了起来:孩子要是个哑巴那咋办? 于是老两口又四处求医问药,钱花了不少,可就是不见效。

折腾到了三岁,老两口为了让宝贝儿子能有个转机,决定热热闹闹地为他过一次生日,老头还准备进城去买些好东西回来。

第二天,老头起了个大早,翻山越岭来到城里,买了吃的又买穿的,最后还为儿子买了个长命锁,眼看时间不早,便急匆匆赶回来了。

哪知天不作美,走到半路,突然下起雨来。在这山岭上,前不巴村,后不着店,他只得钻进一个山洞躲雨,想等雨停了再赶路。可是左等右等,雨不但不停,反而愈下愈大,老头孤零零地靠在石壁上,竟不知不觉地睡着了……

他这一觉睡得并不舒坦,醒来一看,雨还在"滴滴答答"下个不停,可他归心似箭,不想再在这里干等,便扛起东西,冒雨回家。

到家一看,院子里聚着许多人,热闹非凡,老伴正抱着儿子金贵哭得死去活来。一问才知道,这天中午,老太婆喂完猪发觉儿子不见了,四处寻找也不见踪影,后来发现儿子掉在井里,急忙叫人打捞,但等捞上来一看,早已断气,怎么也救不活了。

人们以为,老头这下非瘫倒不可,哪想他听了之后显得很平静,既不流泪也不埋怨,只是默默地从老伴手里接过儿子的尸体,将他放到床上,又盖上被子,然后对老伴说:"好了,别哭了,我们的儿子是玩累了,需要休息,你放心,他休息好了会醒过来的。"

更奇怪的是,第二天老头照样大办筵席,宴请宾客,庆祝宝贝儿子三岁生日。人们见他那副喜气洋洋的样子,都觉得很奇怪:老头怎么啦?把丧事当作喜事来办,莫非神经出了毛病?但又不敢多说,只是闷头喝酒吃菜。

酒过三巡,突然从里屋蹦出来个孩子,大声叫道:"好啊,你们自己吃吃喝喝,也不叫我一声呀?"说着,爬上椅子,趴到桌上,狼吞虎咽，像饿坏了似的吃起来。人们一看，这孩子不就是老夫妻俩的儿子金贵吗？怎么死去一天一夜，人又活转过来了呢？更奇怪的是，金贵突然就开口说话了，一句接一句的，比一般小孩子还活跃……

那天晚上，宾客们散去了，儿子也睡着了，老夫妻俩还是没法入睡。老太婆问老头："老头哎，你是怎么知道儿子会活过来的呀？"

老头笑笑，未作回答，只是说："我想给儿子改个名字。"

"改名？金贵不是很好吗？"

"不，金贵难养，还是起个贱名好。"

"叫什么？"

"叫讨债鬼。"

"什么，讨债鬼？这多难听！"

"老婆子，你不知道，他……他真是个讨债鬼呀！"

原来昨天午后，老头在山洞里躲雨，刚迷糊过去，只听不远处有一男一女在说话："啊，我叫你去讨债的呀，怎么又回来啦？"这是女人的声音。男的说："你只知道讨债，就不知道我多想你吗？今天老头为我做三岁生日，进城买东西去了，我趁老太婆出外喂猪，溜了出来，跳进井里就回来了。"女的又说："不行，你得马上回去，万一他们把你的尸体埋掉，你就回不去了。""不会的。我要让两个老东西哭个够再回去。""你呀，怎么搞的？我不是叫你待到二十岁，等他们给你娶媳妇，狠狠地坑他们一把再回来吗？""到那时回不来怎么办？""哎呀，我不是说过我会帮你的吗？洞房花烛夜，你上床睡觉，我变个蝎子钻进你的鞋里，半夜时你起来上茅房，脚伸进鞋子，我咬你一口，你中毒死去，我们不就一道回来啦？笨蛋……"

当然，老头没把这些告诉老伴，只是说："唉，讨债鬼也罢，孝顺儿子也罢，既然生他总得养他，结果如何，听天由命！好了，别去想他，睡觉。"

从此以后，金贵除了偶尔被父亲斥之为"讨债鬼"以外，还是叫金贵。他的那张嘴虽已变得叽叽喳喳很会说，但依然不叫一声"爸"，也不喊一声"妈"。不叫爸妈倒也罢了，问题是常常要生病，而且一得病就是重病，不花钱就不会好。

就这样磕磕绊绊过了十几年，到了儿子二十岁那年，老两口便张罗着为他娶亲。事情进展也很顺利，亲事很快落实，办喜事的日子就定在九月初二。

那可是个阳光灿烂的大好日子，家里宾客盈门，热气腾腾，喜宴摆了十多桌，乐得老两口咧着嘴直笑，老头领着儿子一桌一桌去敬酒，一碗接一碗地干，一圈干下来，已把当新郎的儿子灌了个酩酊大醉。当人们把儿子扶进新房后，儿子一趴下就跟死猪一样直哼哼，不一会儿就"哇哇"大吐起来。

一床的脏物，满屋的酒气，再加上儿子大发酒疯，新娘吓得躲进婆婆房里直哭。老太婆恨死了老头，大骂他不该让儿子喝那么多酒。

其实，她哪里知道，这是老头事先精心设计的圈套，把新娘支开，他自己守着儿子，单等时间一到，便可捉拿"讨债鬼"——不，捉拿幕后指使鬼！

等宾客一一散去，老头坐在床前，注视着儿子的动静，心里暗想：盼星星盼月亮，盼来个宝贝儿，风风雨雨二十年，含辛茹苦把他养大，他却是个讨债鬼，实在让人寒心！不，不能让他走掉！是鬼也得留下，断了鬼路，摘掉鬼心，好好做人。

他正想着，只见儿子从床上坐起来，他一把伸手拦住，问道："你要干啥？"

儿子说："我想上茅房。"

老头知道时机已到，迅速抓起两块钉满铁针的钉板，一手一块，狠狠地对着床前那双新鞋扎了下去，死死地按着，一动不动。

说来也怪，儿子似乎浑身抽动了一下，又倒在床上"呼呼"睡着了,还"叽叽咕咕"地说开了梦话。

过了足足一袋烟的工夫,老头才拔出钉板,拎起鞋子,果然从里面倒出一只老大的蝎子,只见它满身是孔,已不会动弹了。

老头拿来一块木板,用18颗钉子将蝎子钉在上面,高高地挂在墙壁上。然后洗了手,拿出他十七年前从城里买回来的长命锁,挂到儿子的脖子上。

这一来奇迹发生了,第二天一早,儿子起来后,来到老两口跟前,亲亲热热地叫了声"爸爸",又喊了声"妈妈"。两个老人听了,那高兴劲就没法说了。

就这样,"讨债鬼"不但没走,而且像模像样地做起人来,成了远近闻名的"孝顺儿子"。

(冯丽梅)

(题图:蔡解强)

梨花村的巴桑老汉一生没生儿女，但他跟老婆杨秋花相亲相爱了一辈子。

这年，杨秋花一病不起，吃了很多药，打了很多针，病不见好，终于在这年秋天死去了。当时，县里下了文，死人一律送到县城火葬场火化。巴桑老汉将杨秋花的尸体抱到板车上，然后独自拉着板车去火葬场。

到火葬场后，巴桑老汉看见火化工将杨秋花推进炉里，忍不住大叫一声："秋花啊！"便一头栽倒在地上，昏死过去。

黄昏的时候，巴桑老汉用板车拉着杨秋花的骨灰盒回家了。第二天，他叫石匠做墓碑，墓碑上刻着"巴桑、杨秋花夫妻合墓"几个字。墓碑做好后，巴桑老汉在村前山脚下选好一块墓地，然后将杨秋花的骨灰盒埋在墓地,并将墓碑立在那里。

从此,巴桑老汉每天要到墓碑前去看看,用粗糙的手抚摸着碑上的"巴桑、杨秋花夫妻合墓"几个字,嘴里总是念叨着说:"秋花啊,等我死了,叫村上的人将我的骨灰跟你的骨灰埋在一起,咱们在阴间仍做夫妻!"

这天傍晚,巴桑老汉从地里收工后又情不自禁地走到杨秋花的坟地。他久久立在墓碑前,想着四十年前杨秋花嫁给他时,还是个如花似玉的大姑娘哩,一晃儿就四十年过去了,他们那么的恩爱,终日形影不离,但没想到杨秋花先他而去,现在已长眠于一块石碑之下,化为泥尘。他悲从中来,双手抱着墓碑,哭得老泪纵横,哭着哭着,竟倒在坟沟里睡着了。

太阳下山去了,月亮升起来了,坟地上月白风清,坟边有树影摆晃。巴桑老汉在睡梦中忽听得有个女人在耳边说话,还看见坟头上坐着一个女人,因月光太暗,巴桑老汉看不清她的脸。巴桑老汉以为这是他死去的老婆在显灵,动情地说:"秋花!秋花呀!"

坟头上的女人不高兴地说:"我不是你老婆!"

巴桑老汉听了一愣,说:"你不是我老婆?那你从哪儿来的?"

坟头上的女人说:"我在墓碑下听见你哭得那么伤心,十分感动,便爬出来看看,发现你不是我家那口子。"

巴桑老汉吃惊了:"秋花,你看仔细一点,你离开我有些天了,难道把我忘记了?"

说着,巴桑老汉就从坟沟里爬起来,张开双手,准备抱住那坟头上的女人。没想到女人一闪,消失了,巴桑老汉爬到坟上,见女人不见了,放声大哭。

这一哭,不但自己醒了,而且哭声还惊动了村上的人,村里来了几个后生,劝巴桑老汉回家。巴桑老汉十分伤感地说:"秋花说我不是她丈夫,难道她在阴间改嫁了? 那不行啊!"

　　几个后生听了巴桑老汉的话忍不住发笑,为了安慰他,便异口同声地说:"巴桑大伯,你放心吧,等你死了,我们把你葬在秋花婶身边,让你天天睡在她旁边,看她怎么改嫁!"

　　巴桑老汉点点头,抹着老泪对几个后生说:"对、对、对,把我跟你秋花婶葬在一起!"

　　巴桑老汉回家后,一夜再没合眼。第二天早上,他准备再去墓地看看,刚出门,就碰上一个外乡老汉朝他家走过来。那个老汉看上去跟巴桑老汉年纪差不多,也六十多岁了,他的头发沾着露水,像赶过早路的人。他望着巴桑老汉说:"喂,老头儿,你叫巴桑吗?"

　　巴桑老汉点点头,诧异地问:"你是谁? 我不认识你呀!"

　　"我叫朱老泉,枣树村的,"那个老汉说,"我一大早赶了二十里路到梨花村来,找你有点事。"

　　巴桑老汉忙将朱老泉让进屋里,递过旱烟袋。朱老泉没接,而是从口袋里掏了一包烟,一边抽出一根给巴桑老汉,一边在屋里东张西望,说:"你老婆呢?"

　　巴桑老汉接过烟,伤心地告诉朱老泉,说他老婆不久前死了。朱老泉大吃一惊,拍着腿,大叫一声:"真是奇了!"

　　巴桑老汉一惊,朱老泉呆了半晌,最后苦笑着说:"巴桑老汉,我说件事怕你不相信啊!"

　　朱老泉跟巴桑老汉讲了一件十分奇怪的事。

　　原来,朱老泉在前不久也死了老婆。他的老婆叫吴玉英,死后送到县城里火化,再拖回家下葬,并立了墓碑。但近些天,朱老泉没睡过一夜安稳觉,半夜时家里常常闹鬼,不是灶台上的锅碗敲得"咣当"响,便是家里的坛罐盖子掀开了。昨天晚上,朱老泉偷偷藏在一个米缸下,忽见从门缝里闪进来一个女人的影子,朱老泉也看不见女人的脸,就颤颤地说:"玉英,你不要吓我哩!"

　　那女人立即一闪,不见了身影,却听见有个女人声音说:"老头,我不是你的玉英,我叫秋花,我是梨花村巴桑的老婆。"朱老泉觉得这事十分蹊跷,天蒙蒙亮,他就径直奔梨花村而来。

　　巴桑老汉得知朱老泉上他家的原因,十分惊讶,随即把昨夜他在妻子坟前碰到的怪事告诉朱老泉。他们俩呆呆对视良久,再相互打听对方老婆死的具体时间,便知道他们的老婆是同一天死的,而且是同一天送火葬场的。

　　两个老汉心里发麻了:哎呀,是不是拿错了骨灰?

　　他们一起来到城里的火葬场。

　　火葬场的一个负责人听两个乡下老头在殡仪馆乱嚷嚷的,说发错了骨灰,他把头摇得像个拨浪鼓,一连声说"不可能"。巴桑老汉和朱老泉就把家里发生的怪事讲了一遍,那个负责人像阎王一样,把火化的登记簿摊开来,"啪啪"一翻,得知那天一共火化了十具尸体,巴桑老汉的亡妻是第七个火化掉的,而朱老泉的亡妻是第八个火化掉的。

　　负责人心里敲鼓,就问巴桑老汉:"火化时,你没站在火化炉边看着?"

　　巴桑老汉告诉负责人,他的亡妻塞进火化炉时他就昏倒了,几个小时后才醒过来。

　　负责人便问朱老泉:"你呢?"

　　朱老泉说:"我一家人都坐在殡仪馆里等着,谁也不忍心站在火化炉前看。后来,那个火化工左腋夹个骨灰盒,右腋夹个骨灰盒,出来就喊:'家属呢,拿骨灰。'我问哪个是我家的,火化工便把左腋夹的一个骨灰盒给了我。现在,我怀疑搞错了。"

　　负责人暗想:火化工也许发错了骨灰。但发错了骨灰不好查,啥科学技术能凭骨灰做亲妻鉴定?

　　负责人咬着牙说:"没发错!这种事情怎么可能错呢?当然啦,你们硬要说我们发错了,我们也没办法。要不这样吧,你们两家把坟挖开，将两个骨灰盒对调一下好了。"

看来，只能这么办了。于是，巴桑老汉和朱老泉回家后，就各自挖开了自家老婆的坟墓，然后又把骨灰盒相互对调了。

巴桑老汉将沾着泥土的骨灰盒捧回去后，重新下葬。在合土的时候，巴桑老汉抹着老泪说："秋花呀，这回该不会错了吧？"他将坟合好了，也不走开，就和衣躺到坟沟里睡下了。一觉睡到半夜，感觉身边有个女人在动，巴桑老汉怕把她吓跑，就闭着眼装着睡得香，耳朵听着女人在他身边说："老头子，你还晓得把我接回来？你知道吗？我急死了，差点没把那家的锅碗敲破！"

几天后，巴桑老汉去了一趟枣树屯朱老泉家，想打听一下他家的情况。朱老泉动情地说："总算太平了，这几天没敲锅敲碗，只有轻轻盖坛罐盖子的声音。"

（范国清）

（题图：黄全昌）

报恩

　　恒发公司总经理朱良辰的爱妻秀玲,不幸遇车祸身亡。这天,朱良辰在火葬场为秀玲举行遗体告别仪式,朱良辰的秘书也一起帮着操办。

　　仪式结束后,朱良辰才得知秀玲的遗体不能立刻火化,原因是排在前面的一个农妇交不起她已故丈夫的遗体火化费,正到处在凑钱。朱良辰听说后很难过,想不到现在还有这种事,他叹了口气,对秘书说:"快送点钱去,帮他们交上吧,不管怎么说,到了那边,她丈夫还是秀玲的邻居呢。"

　　于是,朱良辰的秘书立刻就去找那位农妇,帮她解了燃眉之急。事后,农妇拉着两个孩子在朱良辰面前跪了下来,连连哭喊道:"谢谢恩人,谢谢恩人啊!"

朱良辰赶紧把农妇扶起来，再看两个孩子身上穿的，实在不像样，又对秘书说："再拿点钱，帮她买个骨灰盒，给两个孩子买身衣裳。"

农妇没想到能碰上这么好心的人，千恩万谢了之后才依依不舍地离开。朱良辰看着农妇远去的背影，不禁又想起了自己的妻子秀玲。

记得出事那天早晨，秀玲说要上街去买点东西，朱良辰说自己的车刚加过油，就把车钥匙给了她，没想到秀玲把车开出去没多久就出了事。后来警方查明，早有人在这辆车的刹车系统上做了手脚，朱良辰这才知道，原来这起谋杀案是冲他来的，妻子替他去了黄泉路。凶手会是谁呢？因为商场上的利益之争，朱良辰平时得罪过的人实在太多，他想来想去也想不出个头绪来，决定把追查凶手的事情交给警方去做，他自己现在最想的，就是回到当年下放时的向阳村去，那是他和秀玲相识、相恋的地方。所以，把秀玲的事料理好后，朱良辰再也无心做他的总经理了，他把公司交给儿子打理，自己就独自去了向阳村。

向阳村里，有着朱良辰和秀玲最美好的青春岁月，有着他们最难忘的生活记忆，而且朱良辰生意做大之后，曾经多次捐资为村里建校修路，和乡亲们的感情非常深。所以回村以后，乡亲们得知朱良辰丧妻的遭遇，都很同情他，还特地把已经改建过的当年的"知青楼"腾出来，给朱良辰居住。

望着眼前熟悉的青山绿水，想起已经永远分离的爱妻秀玲，朱良辰不禁万念俱灰，但乡亲们对他的热情关照，又深深温暖着他的心，朱良辰决定先在向阳村住一段时间再说，种瓜种菜，淡泊度日。

可他万万没想到的是，那个"惦记"着他的凶手，并没有因为他的离开就打算放过他。

那是朱良辰到向阳村半个月后的一天。早晨，朱良辰还在睡觉,忽然被一阵急促的敲门声惊醒,他起来一看,院子里已经来了十几个老乡,正围着躺在地上的一个人议论纷纷,敲他门的是村长。

村长喘着粗气对他说:"老朱,快来看,院子里死了一个人。"

朱良辰感觉脑袋"嗡"的一下:怎么会死人哪? 他赶紧跑出来,一看,死者是一个二十多岁的小伙子,瞪着眼睛,眼珠子似乎因为惊恐已经完全凸出来,鼻子和嘴巴也明显变了形。朱良辰虽说有些害怕,但他毕竟是经过世面的人,赶紧用手机向警方报案。

经警方初步检测:这个小伙子的死亡时间大约是在凌晨2点;他身上没有任何外伤,所以很有可能是死于突发性心肌梗塞或者脑溢血一类;但从死者面部表情看,死亡前似乎受到过极大的恐吓。另外,警方还从死者身上发现一把尚未用过的匕首。

一星期以后,传来一个消息,说死者是一个流氓团伙的打手。至于他为什么会死在朱良辰临时住的这个院子里,死之前到底受到了什么样的惊吓,等等,警方一时还无法判定。

警方没下结论,但是朱良辰心里却有了点数,他猜测这家伙十有八九是带了凶器来杀自己的,上次城里制造的那起车祸没达到目的,现在跟踪到了这里。

朱良辰于是给城里的儿子打了个电话,几个小时后,儿子给他送来了他在电话里指定要的东西:一架小型红外线望远镜,一把杀伤力相当不错的短柄猎枪,还有几盒子弹。

就从这天开始,朱良辰改变了自己的作息时间:每天下午三点就睡觉,一直睡到晚上10点,然后起床,不开灯,在黑暗里抱着猎枪,等着"惦念"他的人再次出现。

果然不出他所料,他期待的人终于在两个星期后现形了。

那天晚上风很大,天上还下着小雨,午夜12点刚过,朱良辰就看到楼前道路上出现了一个人影,他拿起望远镜一看,发现这是个陌生面孔,走路的时候还不停地东张西望。朱良辰"嘣"地打开酒瓶盖子,把半瓶白酒"咕嘟咕嘟"一口气喝了下去,然后,悄悄把猎枪里的子弹推上膛,把猎枪伸出窗外。

那个人穿着一身黑,这时候正慢慢向这边靠过来,到了大门外,四下一看,然后一纵身翻进院子,从腰间抽出一把明晃晃的砍刀,一步步向窗下逼近过来。朱良辰虽然有些紧张,但是他头脑非常清醒,他意识到自己必须抢先下手,争取一枪把对方击倒,否则真要交战起来,自己未必是这人的对手。于是,他举起猎枪,准备射击。

就在这千钧一发之际,想不到院里大树后面"倏"地闪出一条人影,几乎是与此同时,只见那黑衣人"啊"地一声倒在地上没了声息,随后那人影也消失了,院子里静得吓人。

朱良辰说不清那一刻自己的感受,猎枪早已经掉在了地上。他抖抖簌簌地从口袋里掏出手机,费了半天的劲才拨通警方电话。警察来后一看,黑衣人已经死了,面部表情和前段时间死的那个小伙子一样,也像是惊吓而死。

朱良辰觉得很奇怪:先后这两个凶手自己都不认识,如果说他们确实是受雇于自己生意场上的竞争对手,要将自己置于死地,那么大树下闪出的那个人影是谁呢?他为什么要悄无声息地保护自己呢?

村民们对这事儿开始议论纷纷,朱良辰自己也百思不得其解。于是,就有人指点朱良辰去村头的小卖部买来香烛。

到了晚上,从来不迷信的朱良辰对着烛火念念有词:"何人帮我朱良辰,感恩不尽!如果方便,留下大名,来日必报。"随后,他打开窗户,把笔和纸放在窗台上。

为了给自己壮胆,他又喝下了半瓶白酒,本来是想等着看动静的,说不定那人会再次出现,可谁知不一会他就迷迷糊糊躺倒在了床上,直到第二天早晨才醒转过来。

不可思议的一幕,居然真的出现了!朱良辰跳下床,走到窗前一看,昨晚放在窗台上的白纸上,有几个歪歪扭扭的字:为了报恩!韦二贵。

朱良辰简直不敢相信自己的眼睛,可纸条明明就捏在手里啊!

这个韦二贵到底是谁呢?他想遍了自己的亲戚朋友,没有一个人叫这个名字。又去问村长,村长说村里根本就没有姓韦的。这事儿奇了!热心的村里人纷纷帮着朱良辰四下里打听。

功夫不负有心人,三天后终于有人打听到,离这里20里外的村里有一家姓韦的,朱良辰立刻找上门去。

来开门的是个女人,朱良辰觉得有些面熟。那女人略略地愣了一下,忽然泪如泉涌,抓着朱良辰的手不住地喊:"恩人来了!恩人来了!"朱良辰这才想起,这个女人就是那天在火葬场碰到的农妇。

朱良辰不由问道:"你死去的丈夫叫韦二贵?"

女人点点头。

这一刹那,朱良辰什么都明白了……

（白　木）

（**题图**:安玉民）

石磨自己会转动

七里渡有个叫郝二的中年人,以卖豆腐为生,每天天蒙蒙亮,就担着豆腐挑子去镇上叫卖,卖完豆腐,然后雷打不动去胡生记酒店喝酒。

这一天,郝二在酒店里喝酒喝得差不多了,便准备离店,一抬头,看到秦三来了。秦三是谁?胡生记酒店的老酒客,因为比郝二年长五岁,郝二就喊他"秦大哥"。

秦三今天刚挣了笔钱,兴致正高,看见郝二要走,一把拽住他的胳膊说:"别走别走,陪我再喝几碗,我请客。"郝二看看天色还早,就又坐下了。秦三招呼店主烫了两碗黄酒,又要了两碟卤豆,一盘肚片,两个人便喝开了。

秦三喝酒不像郝二那样不温不火,三口两口一碗酒就落肚了,于是喝完就叫店主再添。

喝着喝着,秦三越发来了劲,对郝二说:"郝二兄弟,早就听说你酒量过人,从来没有人见你醉过,今天大哥要和你比试比试!"

众人一听齐声说好,店主在一旁也推波助澜道:"郝二是真人不露相,秦三哥也是好酒量,你们俩一决高下,谁先醉倒为输,今天的酒钱全算我的啦!"

郝二本来就是好酒之人,平时因口袋紧,才强按着不敢放开喝,眼下被店主和众人一鼓动,便跃跃欲试。

郝二说:"既是赌酒,总得有个输赢。这样吧,倘若我输了,秦大哥,你一年的豆腐我全包了,你想吃多少就拿多少,兄弟我分文不取。"

"好,爽快!"店主转向秦三,"秦三呀,你赌什么呢?"

秦三抓着酒碗,一时愣住了。这秦三在运河码头上扛大包,今天有活就有钱挣,明天没活就两手空空,他家徒四壁,平时吃饭就是有一顿没一顿的,有什么可以拿来赌的呢?不过这难不倒秦三,他想了想,一拍大腿说:"有了! 我别的没有,一身力气是用不完的,如果我输了,我每天给郝二兄弟推磨磨豆子!"

此话一出,众人叫好。

郝二心想:我家离镇上有七里地,每天半夜就得起来磨豆子,哪里还赶得及挑到镇上去卖? 若是等你来给我磨,我这生意非砸了不可。不过,想想这赌酒也就是说说而已,谁会当真呢? 于是,也就笑着点了点头,没有多说什么。

在众人的喝彩声中,郝二和秦三于是就干了起来,先是黄酒,再是白酒,然后是黄酒兑白酒,一杯接一杯,一碗对一碗……秦三的酒量终究还是差些,喝到最后就趴在桌上不省人事了;郝二此时也有了七八分的醉意,不过他还是强打精神,跟跟跄跄地上路回家。

　　这一回,郝二确实喝得多了,回家路上又着了凉,头疼发烧,只好在家躺着,豆腐生意自然就停了。

　　这一晚,他正睡得迷迷糊糊的,老婆把他推醒了。郝二说:"我头还有点疼。"

　　老婆却说:"当家的,你听,磨房里好像有声音。"

　　郝二仔细听了听,果然有声音,是磨扇与磨扇摩擦的响声。郝二心中暗想:是谁在磨房里呢?邻居?不像,这石磨邻居们有时候会来借用一下,但都是预先说好的,不会半夜三更私下用磨啊。

　　郝二想了想,便披衣起床,来到磨房。一看,不禁大吃一惊:只见磨房里空无一人,但磨扇却在转动,一圈一圈,转得又快又平稳。不仅如此,那把舀豆子的瓢也自个儿移动,不时把豆子和水注入磨孔中,豆浆就从两片磨扇间流出来,流进磨盘,汇成一条细细的乳白色的水流,流入磨盘下面的木桶中。

　　"石磨自己在动!石磨自己在动!"郝二的老婆也跟过来了,在他身后惊叫着。夫妻俩看了好一会儿,也没弄明白石磨为什么自己会转动。

　　郝二对着石磨大叫道:"快停下来!快停下来!"可石磨哪里听他的话,还是照样自个儿转着,一直到把豆子磨完才慢慢停住。郝二也没法,豆子都磨好了,只好点卤做豆腐。

　　郝二的身子还没有好利索,老婆不让他挑豆腐去镇上卖,于是他就叫来自家的侄儿代劳。如此一连数日,每天半夜石磨都自己转动,将豆子磨好,郝二夫妇也习惯了,半夜醒来先听磨房里有没有响声,听见磨扇声就安心再睡一会儿,然后起来做豆腐。

　　约莫半个月后,郝二感觉自己身子已经完全恢复了,于是做好豆腐就自己担着去镇上卖,然后照例去胡生记喝酒。

　　店主一见郝二来,先问他怎么多日没来店里,郝二便说了自己得病的事。店主问他："你知道吗？秦三死了。"

郝二猛一惊：和秦三赌酒也就是十来天以前的事吧，怎么会说死就死了呢？郝二问店主："秦大哥是怎么死的？"

店主告诉郝二，那回赌酒后没几天，秦三在一次抬大包过跳板时，脚下打绊掉进了河里；本来在码头上干活这也是常有的事，偏偏那大包砸在秦三的身上，等到大家把他从水里拉起来，他已经没气了。

店主叹了口气，说："他死的前一天还在我这儿喝过酒。还说，既然和你赌酒赌输了，就要去给你家磨豆子。"

郝二一听，立刻想起家中石磨自己会转动的怪事，这才恍然大悟：秦大哥人虽走了，却还惦记着自己曾经说过的话，是他的灵魂在给自己磨豆子呀！郝二深深为秦大哥的诚信所感动！

此后整整一年，郝二家的石磨都是自己在转动。

到了周年这天晚上，郝二在磨房里备了些酒菜，满满斟上一碗酒，举过头顶，望着空中喃喃说道："秦大哥，这一年辛苦你了！有你帮衬着，我的豆腐生意好了许多。今天，我敬你一碗，喝完之后，你就放心地走吧，去做你自己的事情。"

郝二这么说着，就觉得有人在扳他的手腕，好像迫不及待地要抢他手里东西似的。一会儿，郝二就见手中的酒碗慢慢自己倾斜过来，酒从碗里流了出来，可桌上、地上竟不见一滴，接着，就听见开门的响声。

郝二对着茫茫夜色怆然喊道："秦大哥，一路走好！"

（江一犁）

（题图：安玉民）

治 贪 妙 招

　　贪心好比一个套结,把人的心越套越紧,结果把理智闭塞了。扩大自己的欲望,无异于将悬崖下的深谷挖得更深,事情就是如此。

每天十耳光

　　有个大镇叫仇家集,镇长姓仇名福,叫仇福。

　　别看仇镇长管着好几万人,做起报告来滔滔不绝,办起事来大刀阔斧,捞起钱来心狠手辣,可一回到家,见了七十多岁的老爹,就像老鼠见了猫,老爷子叫他"横"他不敢"竖",让他朝东他不敢朝西,服服帖帖,而且左一声"爹"、右一声"爹"地叫得亲热,故而被人称作大孝子。

　　仇镇长去年花三十多万元盖了幢私房,今年老爷子得脑病,到省城一家大医院做了换脑手术,一下子又花去了十八万,好家伙,这么多钱,他哪里来的?

　　先不去管钱从何来,单说那天,仇镇长的老爷子从医院回家,仇镇长老婆给老爷子送饭,老爷子却沉着脸说:"你去把仇福那小子叫来，我要打他十个耳光再吃饭！"

仇镇长老婆不知丈夫啥地方得罪了老爷子，只得去叫他来。仇镇长也闹不清老爷子为啥生气，急忙跑来赔着笑脸说："爹，我什么地方办错了事，你尽管说，我改。"老爷子眼睛一瞪："你自己干的事还用我说吗？告诉你，从今天开始，你每天吃晚饭之前，让我打十个耳光，打满七七四十九天，我再把原因告诉你。"仇镇长朝老爷子看看，不像是开玩笑，感到蹊跷，便又赔着笑脸说："爹，儿子不孝，你骂一顿就是，为啥一定要打？""你不让打？那好，我马上就从这三楼跳下去，叫全镇的人都知道你这个大孝子原来是个大逆子，让公安局来给我收尸！"老爷子说着就朝阳台上走。仇镇长一看急了，连忙扑上去一把拉住他："爹，你一定要打，那就打吧。"

仇镇长原以为自己在什么地方惹老爷子生了气，扬言要打人，无非是做做样子出出气……哪想到老爷子竟动了真格，他一把揪住仇福的头发，左右开弓，"叭叭叭"接连重重地扇了十个耳光，把个堂堂的一镇之长打得脸孔火辣辣的，连鼻血都淌出来了。老爷子打完后说："去吃饭吧，别忘了明天晚饭前还到这里来，要是不来，加倍处罚！"说完，端起饭碗便吃，吃完饭倒头就睡。

老爷子睡得"呼噜呼噜"直打鼾，仇镇长夫妻俩却怎么也睡不着。他们闹不明白：老爷子怎么忽然变得如此心狠手辣？照这样打法，别说是七七四十九天，只打几天就会吃不消。有人悄悄向仇镇长提议，老头儿肯定是中了邪，着了魔，听说鸡鸣山有个道观，观里有个老道士，他的法术高超，只要画几张符，往屋里一贴，别说普通的妖魔鬼怪，就是阎王爷的小舅子，也准会被吓得屁滚尿流、魂飞魄散！

这确是个好办法，可是鸡鸣山离仇家集不近，坐一百多公里汽车，还得走十五公里崎岖的山路，来回起码三天。镇里倒瞒得住，只是老爷子难办，他要是三天不见儿子打不到耳光，非闹事不可,必须向他请假。于是仇镇长便谎称外出开会,请四天假,这四天该打的耳光,回来后补上。老爷子倒也爽快地答应了,只是问道:"要是四天还不回来咋办?"仇镇长说:"超假一天,罚打二十个耳光。"老爷子说:"去吧,逃得了和尚逃不了庙,你第五天不回来,我就打你媳妇;你媳妇要是逃走,我就放火烧房子!"

就这样,第二天一早,仇镇长坐上镇里的小车出发了。谁知事有不巧,老道士不在家,足足等了两天才回来,等把事情办好赶回家,已经是第六天傍晚了。当仇镇长匆匆忙忙地赶到家门口时,已听到"劈劈啪啪"的巴掌声了,他冲进屋里,啥话也不说,拿出道士给的符就往墙上贴。仇镇长想:符一贴,鬼便逃,老爷子头脑清醒之后就不会再打了。哪知道老爷子见仇镇长贴符哈哈大笑,说:"噢,原来你把我当作鬼呀!告诉你,我是人,根本不怕这玩意儿,不信你再贴,满屋子贴遍,我照样打!你小子过来!六天欠我六十个耳光,再加过期两天,罚四十个,总共一百个。我刚才打了你媳妇八个,还差九十二个。媳妇,你过来,给我狠狠地打他!"

仇镇长老婆刚才平白无故挨了八个耳光,本来就一肚子气,又想到丈夫当时不管她反对,硬是花十八万元给死老头去换脑,结果换来个专会打耳光的老东西,这使她气上加气,现在老东西要她打丈夫,正好出出气,便憋足了劲,扬起手掌对准仇镇长的脸狠狠扇了过去,直打得仇镇长眼冒金星,耳朵里"嗡嗡"直响。

这下仇镇长火了,心想:好家伙,你比老爷子还狠呐?一时火起,咬牙切齿,伸出手来重重地还了她一巴掌,这还不解气,又一拳打去,把老婆打倒在地上……

可是奇怪,仇镇长老婆躺在地上竟不哭不叫,连哼都不哼一声。仇镇长上去一看,妈呀,连气都没了!他来不及多想,急忙背起老婆直奔医院抢救。医生一检查,说是心肌梗塞,没救啦……

老婆一死,仇镇长就像断了一条臂,外边的公事不说,单是家里,每天家务一大堆,要侍候老爷子,还要挨十个耳光,睡觉时又独守空房,连个说话的人都没有。他整天唉声叹气的,人一下子老了许多。

有人帮仇镇长物色了一个女人,是梨树沟的一个寡妇,名叫桂兰,由于家里穷,欠了几千元债无法偿还,这才急于改嫁。介绍人把仇镇长的情况一说,桂兰满口答应,并约仇镇长上门面谈。

这天傍晚,仇镇长吃过晚饭,挨了老爷子的十个耳光后,骑上摩托车直奔梨树沟,在介绍人的陪同下,来到了桂兰家里。介绍人借故离去,两人便甜甜蜜蜜地谈了起来。鳏夫遇上寡妇,一个有心,一个有意,一直谈到晚上十二点,仇镇长还没有想走的意思。

突然,传来了急促的敲门声:"娘,快开门,我是你儿子栓栓呀……"桂兰一听,顿时吓得魂飞魄散:她是有个儿子栓栓,今年十八岁,两个月前被一辆摩托车撞成重伤,送到省城一家医院抢救,花了几千元钱,最后还是死了。尸体无法运回,只得卖给另一家大医院作解剖之用……他怎么可能回来?这不是活见鬼吗?再细细一听,却又不像是儿子的嗓门。对,一定是村里人知道家里来了个男人,前来胡闹。这可如何是好?她急中生智,便叫仇镇长赶快钻进大衣柜里躲一躲。仇镇长一想也是,自己和桂兰毕竟没有结婚,一个镇长跟寡妇搅在一起,岂不是丑闻一桩?于是也不管三七二十一,一头钻进了大衣柜。

哪想到桂兰把门一开,进来一个七十多岁的瘦老头,抱住桂兰就叫"娘"。桂兰一把推开他:"你是谁?你不出去,我叫人了!

那老头哭哭啼啼地说:"娘,我是你的儿子栓栓呀!"

桂兰哪里肯信,老头便告诉她:"娘,你听我说,我被摩托车撞死后,正碰上仇镇长的父亲到医院里换脑子,医生就拿我的脑子移到了仇镇长父亲的脑壳里。现在,我的身子是这个老爷子的,脑子却是自己的。我现在就住在仇镇长家里,吃香的,喝辣的,我每天还要打仇镇长十个耳光……"

桂兰一听急了："你怎么能这样呢！"老头说："娘，你不知道，我那天就是被仇镇长的摩托车撞的呀！他倒好，一逃了事，我却搭上了一条命，还害你背了一身债，我每天打他十个耳光，这叫恶有恶报！"

听他这么一说，桂兰立刻怒从心头起，"砰"地打开衣柜门，喝道："仇福，你给我出来！"可是仇镇长早已吓得尿了裤裆，不能动弹了。

老头一把将仇镇长拖出来，二话不说，先是左右开弓，打了十个耳光，接着问道："你说，我栓栓是不是你撞死的？"仇镇长只得老实承认："是、是我，那天我酒喝得太多了……"老头叫桂兰拿来纸和笔，让仇镇长写下了酒后驾车、肇事逃跑的经过。老头又问："你每月几百元工资，吃好的，穿好的，还造了洋房，又给我换脑，钱是从哪里来的？说！"仇镇长哭丧着脸说："都是贪污受贿来的……""都给我一笔一笔写下来！"

等仇镇长写完"认罪书"之后，天已经亮了，老头喝道："走，跟我到县里去！"仇镇长急了，"叭"地跪下："爹——""谁是你爹？""噢，栓栓大爷……""谁是你大爷，我栓栓今年才十八岁呢！"

仇镇长不知如何称呼才好，只是一个劲地磕头求饶："你就饶了我吧，我赔你娘十万元还不行吗？""撞死人当然要赔，赔多少，政府自有公断；贪污受贿喝老百姓的血，政府也会公断！"老头随手操起一根木棍，"你要不走，我打断你的狗腿，再去报案！"

仇镇长无法违抗，站在面前的，毕竟是自己的老子呀！就这样，他顺从地走在前头，老子将儿子押走了……

桂兰呆呆地靠在门上站了好久，最后一下瘫坐在地上：以后那老头再来喊我"娘"，我该咋办？她想着想着，又哭开了……

（张　曦）

（题图：张恩卫）

两个喷嚏

　　刘诚三十岁就当上了党委书记,有了自己专门的办公室。

　　正式上任那天,他得意洋洋地在办公室里踱了一圈又一圈,最后一屁股在那把红木的大靠椅上坐了下来。想想这个书记位置尽管是乡一级的,可自己只用了三年时间就坐上了这把交椅,心里乐滋滋的。

　　正得意着哩,忽然,他觉得鼻子有些痒,"阿嚏"打了个喷嚏。咦,不对呀,六月天,怎么身上会突然觉得一阵阵发冷?他起身给自己倒了一杯水,喝下去,还是不行,一摸额头,竟有些烫手。感冒了?

　　上任第一天就生病可不是好兆头,刘诚不想惊动任何人,找了个借口就悄悄回了家。

刘诚的老婆正在厨房里忙碌着,准备晚上好好给刘诚贺贺升官之喜,见他这么早就回来了,而且脸色不对,不禁愣住了。

只见刘诚一边满屋子乱转,一边说:"他奶奶的,上任第一天就生病,真是怪事儿。咦,你把我那件厚毛衫放哪儿去了?"话音刚落,"阿嚏"又打了个大大的喷嚏。

老婆赶紧去摸刘诚的额头,果然滚烫。她心疼得一边给刘诚拿毛衫,一边自言自语道:"早上出门还好好的,这是撞了哪门子邪了,莫非你坐了他那把老椅子?"

刘诚刚才还满屋子躁得慌,一听老婆这话立刻站住了,摸着脑袋说:"你说得有道理呀,我就是坐了他那把老椅子才不对的。"停了停,又狠狠道,"真不是玩意儿,死了还跟我过不去!"

他们说的这个"他"是谁呀?就是刘诚的前任书记老马,老马才去世不久,活着时与刘诚是冤家对头。

刘诚夫妻俩平日既信马克思又信钟馗爷,碰上什么不顺心的事,往往暗地里会悄悄地求神拜佛来两下子。此刻刘诚被老婆一提醒,就认定了是老对头在与自己过不去,既然是这样,那就得想办法破解。

两人一合计,决定由老婆出面去找三姑问问,三姑平时对这种事儿挺在行,说起来一套一套的。老婆当下收拾收拾,就奔三姑家而去。

刘诚老婆找到三姑一问,三姑煞有介事地说,刘诚突然发烧,就是那把老椅子作的祟,因为人死后三年之内,三魂七魄还有一魂一魄守着自己的地盘,眼见得是自己的冤家来坐这把椅子,怎么会乐意呢?

老婆听了紧张得不行,问三姑可有办法破解。

三姑笑着说:"怎么会没有办法,回去替你老公烧些纸钱,再好好给那冤家赔个礼道个歉,换把椅子不就得了?"

老婆一听这么简单就能解决问题,心里的石头落了地,再三道谢之后就往家奔,路上还顺道到药店买了点治感冒的药。

老婆到家一看,刘诚躺在床上,身上盖了两条被子还在嗦嗦发抖,她把三姑的话学说了一遍,又赶紧让刘诚把药服了,然后就到院子里去给老公的冤家烧纸钱,一边烧一边作揖,一口一个"对不起"。

夫妻俩本想感冒也不是什么了不得的大事,加上药也吃了,纸钱也烧了,道歉的话也说了无数遍了,应该没事了吧?可谁知第二天起来一看,刘诚的脸像被火烤着一样,血红血红的,而且还有些肿;摸摸额头,冰凉冰凉的。

这一来,夫妻俩慌了神,到底得的啥病?心里没了底,决定去医院。

检查下来,刘诚除了发烧白血球偏高以外,其他指标都正常,医生认为刘诚还是感冒,除了调整药量加打针剂,就是嘱咐多喝开水多睡觉。

夫妻俩总算定下心来,回来之后就老老实实地按医生吩咐的做。

可奇怪的是,一连十多天过去了,刘诚的身体总也不见利索,虽说烧是退了,可精神就是不见好,硬撑着去上班吧,坐在办公室里总觉得头晕晕的,不得劲。刘诚嘴上不说,心里总觉得还是那个老冤家在找自己的麻烦,于是找了个借口,就把办公室那把老椅子给换了。

老婆明白刘诚的心思,特地跑了四十里路,去找邻乡一个过去很有名的道公,求教破解的办法。

那道公起初不肯见她,后来被逼急了,两手一摊对她说:"我早就不干这行了,这世上哪真有鬼呢,你还不如回去问问你老公,可曾做过什么亏心事。要真有,那鬼一定就在他心里啊!"

老婆吃不准刘诚到底在外面干过什么,心急火燎地回家,如此这般一说,谁知刘诚泪流满面,长叹一声,向老婆道出了埋在心里的一个秘密。

　　原来，前任书记老马在位的时候，刘诚是他的副手，但因为是副职，两个人互相较劲中刘诚总是占下风。老马去世后，刘诚眼看着自己能坐正了，便得意忘形起来，公然在老马的抚恤金和他女人的生活费发放问题上搞打击报复，老马女人来向他要钱，他每次都借口手续不全拒绝签字；老马的儿子在城里做生意，老马女人知道刘诚有意作难自己，懒得和他理论，也不在乎那几个钱，就进城到儿子那里去了，刘诚于是就把那笔钱悄悄占为己有。

　　要说鬼，这就是刘诚心中的"鬼"啊！说实话，自从把这笔钱私吞以后，刘诚就再没有睡过一个囫囵觉。

　　刘诚拉着老婆的手说："唉，只怪我一时糊涂做下了亏心事，我这是自找的啊！"

　　老婆也顾不上责备丈夫了，着急地问："那你……你到底拿了人家多少呀？"

　　"一……一万。"

　　"一万？"老婆吃了一惊。一万元对做生意的人家不算什么，可对自己这个家来说，是个大数字啊！

　　"那钱呢？"老婆追着问。

　　"钱，钱……"刘诚的声音抖得厉害，"都说做股票能发财，我那回进城，都买了股票了。不是我故意瞒着你，我是想到时候赚一把，给你一个惊喜。"

　　望着刘诚那可怜兮兮的样子，老婆的心软了。

　　第二天刘诚老婆狠狠心，用高于银行利息三倍的承诺，向左邻右舍借了一万元钱，连夜进城找到老马儿子的家，把钱交到老马女人手里。

　　老婆哭着把事情一五一十都说了出来，求老马女人原谅，好让自己丈夫除去心中的鬼。

　　谁知老马女人捧着这沓子钱，忽然泪如雨下，说："唉，谁心中没有一个鬼呢？可是，我男人却再也不能让我们知道他心中的鬼是什么了。你知道他是怎么害病的吗？"

刘诚老婆惊异地摇头。

老马女人说："他呀，开始也只是打了个喷嚏！"

（宾　澜）

（**题图**：魏忠善）

伸缩小人

　　何大保原是个平常得不能再平常的人,可就因为做了一个梦,他变得很不平常了。

　　那天何大保在电脑上玩游戏,玩着玩着,竟然昏昏沉沉睡着了。在梦里,他眼见着赵三朝他走了过来,赵三是何大保从小玩到大的朋友,去年在街上被人暴打而死,至今都没查出是谁干的。赵三对何大保说,他做鬼以后,查清楚了自己的死因,当年他曾告发过他的顶头上司钱局长贪污受贿的事,钱局长知道后就找了一伙地痞流氓来打他,本来是想给他个教训,可一失手把他打死了。赵三做了鬼以后想报仇,可钱局长家里长年供着关老爷,他进不了屋,所以赵三就托梦给何大保,让何大保帮他去钱局长家里把关老爷偷出来,何大保住在钱局长隔壁,动手可能比较方便。赵三还塞了一枚古币在何大保手里,告诉他,去偷关老爷的时候,只要手里拿着这枚古币,嘴里念"吾欲小"三个字,人就可以立刻缩小身子,进出自由,没有任何危险。

何大保一觉醒来,梦里的情景还清清楚楚地留在脑子里,他觉得挺可笑,怎么会做这么荒唐的梦?可一低头,却惊得差点叫出声来,因为他看到,自己手里竟然真的攥着一枚古币。想到梦里赵三对自己说的话,何大保将信将疑地轻轻念了声"吾欲小",声音还没落地,他再往四周看,发现自己居然站在板凳腿旁边,感觉凳子比山还高。何大保吓得赶紧念"吾欲大",这才恢复了原样。

难道赵三在梦里说的一切是真的?那这个忙到底要不要帮呢?何大保拿着古币想来想去考虑了整整一天,觉得赵三现在做了鬼之后来托自己办事,不办的话恐怕会不吉利,于是就决定去钱局长家试试。

有了那枚古币倒真的很顺利,半个小时后,何大保已经轻轻松松地将钱局长家的关老爷偷了出来。

何大保回到家,忍不住把前前后后事情给老婆桂花讲了一遍。可桂花说什么也不相信,还笑何大保犯浑说胡话,何大保于是便从怀里掏出古币,当场试给桂花看。

只见何大保嘴里刚念出"吾欲小"三个字,好好的一个大活人突然就不见了,桂花吓了一大跳,正要四下找呢,却觉得脚背上一阵痒,低头一看,缩小了身子的何大保在给她挠痒痒,桂花顿时惊得目瞪口呆。

当天夜里,何大保躺在床上怎么也睡不着,手里拿着那枚古币,不停地把玩。突然,他从床上跳起来,三下两下麻利地穿上衣服。

桂花被他闹醒了,问:"深更半夜的,你要干什么?"

何大保朝她晃晃捏在手里的古币,说:"这东西可是稀罕之物呀,咱为啥不在还给赵三之前好好利用利用呢?"话没说话,他人已经蹿出了门。

何大保一夜未归,第二天才气喘吁吁地回来。一进门,他"啪"扔下一个大包,得意地对桂花说:"愣着干什么,还不快找块毛巾来帮我擦擦汗?"

"什么烂东西,背着这么沉?"桂花给他递过毛巾,随后就蹲下身去解包袱。

谁知才解开包袱一角,桂花就吓得脸都白了:"钱?你哪弄来这么多钱?都是一捆捆的?"

何大保不回答,只是笑。

桂花脑子里突然冒出个不祥的念头:这该死的,莫非去偷钱了?只有银行才有这样一捆捆的钱呀!她赶紧打开电视看,果然,早新闻在说信用社凌晨被盗的事。桂花断定这一定是何大保干的,她"扑嗵"就朝何大保跪了下来,求何大保赶紧去信用社悄悄把钱还了。

可是,何大保却仗着有古币帮忙,谅警察也查不出他的踪迹来,所以开心得哈哈大笑。他捏着手里的古币,对桂花说:"既然你猜到了,我也不瞒你。嘿嘿,这玩意儿还真好使,我就靠着它在银行里进进出出,想怎么样就怎么样。不过,你放心,我只做这一次。"

桂花见劝不住他,又不敢声张,只得暗自落泪。

又过了两天,这天晚上,何大保又在梦里见到了赵三,不过赵三这次对何大保说的话,可把何大保吓得哆嗦了好一阵子。原来,赵三第一次托梦给何大保时就交代过,这枚古币只能用来做赵三吩咐的这件事,切不可乱用,否则会遭报应,可何大保并没有把赵三的话放在心上,自说自话拿它去偷信用社的钱,赵三说是看在何大保帮了忙的分上,费了好大力气才帮他挡了灾,所以这次赵三再三提醒何大保,万万不可再用古币去干坏事了,否则必遭恶报,到时候他赵三也没有办法。赵三说,他刚才去了钱局长家,没想到钱局长又请了一尊关老爷回来,所以他要何大保再帮一次忙,赶紧帮他把那尊关老爷偷出来。

何大保自然不想遭什么恶报,所以梦醒之后就出门帮赵三办事去了。可谁知他这一去,三天没回家。

到了第四天,警察上钱局长家来了,顿时引来好多看热闹的邻居。原来,钱局长夫人刚才看到她家的狗在玩一只塑料奶瓶,还发出一声声怪叫,觉得挺奇怪,这奶瓶已经不见两天了,于是就过去想看看是怎么回事,谁知这一看,差点没把她的魂给吓掉:奶瓶里居然有一个极像邻居何大保的一寸小人,七窍流血,僵硬着身子。局长夫人搞不懂是怎么回事,就打电话报了警。

警察正在对局长夫人做笔录呢,就有热心人把桂花叫来了。桂花接过奶瓶只看了一眼,就惊叫一声晕了过去。随着她手里的奶瓶"嘭"地一声摔在地上,那个像何大保样的小人从碎瓶子里滚出来,一阵青烟飘过,眨眼工夫就还原成了真人何大保,那副七窍流血、浑身僵硬的样子,把在场的人都吓愣了。

警察让局长夫人回想一下,最近有什么异常情况。

局长夫人想了想,说:"有!因为钱局长比较信奉关老爷,家里一直供着,可前两天关老爷居然不见了,钱局长赶紧又去请了一尊。还有,那天……对了,准确地说是三天前,我洗完澡要用润肤露时,才发现旧的已经用完了,反正家里就我一个人,我也顾不上穿衣服,就到厅里来拿新的,出来的时候,好像感觉有个男人在眼前一晃,可再看又什么也没看见。这个奶瓶是我给三岁儿子当玩具玩的,他老喜欢把瓶塞子拔了又塞地玩,那天因为看见它滚在沙发角落里,瓶塞子丢在一边,就随手把它塞上了……"

局长夫人正讲到这里,桂花醒了,警察问桂花到底是怎么回事,桂花就把赵三托梦和给何大保古币的事详详细细讲了一遍。

众人联系到刚才局长夫人一番话,就猜测何大保一定是变形钻进奶瓶之后,因为被瓶塞子堵住出不来,活活闷死了。

可是何大保为什么要去钻这个奶瓶子呢?就连警察也百思不得其解。

按照赵三的话说,何大保是因为躲在奶瓶里看局长夫人的裸体而遭了报应,但这是后来赵三在梦里对桂花说的,当时谁也不知道。

警察并没有在何大保身上找到什么古币之类的东西,这桩古怪的案子最终怎么处理,相信警方自有妙招。众人后来纷纷相传的是,钱局长在案发的当晚突然暴死,就死在他家门外的走道上,据说是做了鬼的何大保和赵三一起下的手。

这种事总是越传越悬乎。而且,传的人都喜欢在故事最后加一句:看来,人活一辈子,坏事还是少做为好。善恶虽只有一念之差,但善恶自有报应,没准一不小心,轻轻松松就凑够了让你死的理由。

(范芝果)

(**题图**:安玉民)

开眼

处长老来得子,45 岁生了个大胖小子。没想儿子抱回来,全家都傻了眼,原来儿子的肛门紧闭,像粘了强力胶。处长急了,赶紧将儿子送医院,可医生查来查去,就是查不出原因。

处长琢磨:过去有种说法,人要干了坏事,生下孩子没屁眼。可自己没干什么坏事呀,怎么就摊上了个没屁眼的儿子? 处长让医生想想办法,医生决定用药通一通,"开塞露"、"通便灵"、"立得便"……几种药多管齐下,药力是够大的,但无济于事,那屁眼就是不开。儿子的一张小脸憋成了酱茄子,处长急得团团转。

有人建议处长去找心理医生看看。

心理医生检查了一番,说:"这种症状以往比较少见,不过近些年开始流行,今年我这里就已经碰到好几例了。"

处长急着问:"医生,这究竟是怎么回事?有办法治吗?花多少钱能治好?"

医生摆摆手:"莫急莫急,这要看你当父亲的怎么配合了。配合得好,就能很快做出诊断,对症下药。"

处长说:"医生,有什么要求尽管吩咐,我保证配合。"

医生点点头:"我问你什么,你得实话实说,不照实说,就难治了。"

处长一迭声道:"一定,一定,我一定说实话。"

医生说:"据我判断,你儿子这情况,遗传的可能性比较大。你这几年什么事想得最多呀?"

处长犹豫了一下,说:"当然是想着怎么把工作做好。"

医生连连摇头:"你不说实话,我就无能为力了。"

处长尴尬地笑了笑,说:"唉,医生,不瞒你说,其实我整天净想着怎么捞钱了。谁让我手上有点权呢,这年头有权不用,过期作废呀!"

医生点点头:"这就对了,你总算说了实话。其实,你儿子身上所以会出现这个情况,症结就在这里,你交了底,我就有办法了。"说话的工夫,医生从身后橱柜里拿出一枚清代乾隆年间的大钱,往处长儿子的肛门处一贴。哈!钱眼对准肛眼,医生只轻轻吹一口气,儿子肛门洞开!

处长那个感激呀,握住医生的手一个劲地道谢,还问医生用的是什么妙法让儿子开了眼。

医生"嘿嘿"一乐,说:"这不就是应了一句老话吗?'有其父必有其子',遗传的奥妙!老子整天想着钱,儿子能不见钱'眼'开吗?"

（安　欣）

（题图:安玉民）

第一颗药丸

刘方宇四十岁那年被提拔成了主管工业的副县长,随着身份的变化,他心里反而不踏实起来:过去有个邻居,当平头百姓时日子过得好好的,可当了几年官,贪污受贿,生活糜烂,结果栽了跟头不说,差点还送掉了小命。自己今后要是在这些问题上也拿捏不住,说不定就会出大事。

正在忐忑不安的时候,他的老丈人来了。老丈人是现代科学研究所的研究员,看女婿坐卧不安的样子,笑着问:"怎么,升了官倒反而有心事了?"

刘方宇点点头:"爸,您说我该怎么办?"

老丈人一听哈哈大笑,从提包里拿出一个非常精致的玻璃小药瓶,里面有一颗晶莹透明的水滴形药丸。他问刘方宇:"你真想当清官?"

"那当然!"刘方宇急切地回答。

"那你敢不敢做我新药的第一个试用对象?"老丈人晃晃手中的玻璃瓶,"这是我研制成功的第一颗戒贪药丸,说不定会对你有帮助。你是我的女婿,想来你一定会把服用后的药效如实告诉我,这对我以后进一步改进配方可是大有好处的啊!"

"爸,它真的管用吗?不会有副作用吧?"刘方宇犹疑着问。

"我不敢说这药能管多大用,"老丈人认真地说,"但我可以肯定地告诉你,这种药的副作用是绝对没有的。你是我的女婿,我怎么能害你呢?否则,我还怎么向我的宝贝女儿交代?"

刘方宇听老丈人说得这么肯定,于是就打消顾虑吞下了这颗药丸。

老丈人临走之前拍拍刘方宇的肩说:"这药有效期是一个月,一个月以后我会再来,到时候你得告诉我,它的药效究竟怎么样。如果确实有效,我准备向所里申请投入批量生产,也算为国家做点儿贡献吧!"

说巧也真巧,送走老丈人的第二天,刘方宇就接到过去一个老同事庄顺的电话,邀他中午到会仙楼大酒店一聚。

自打当上副县长,刘方宇对这种饭局是再熟悉不过了,无非是想借此机会和自己联络感情、谋求照顾而已,刘方宇和庄顺过去没有过多的交情,所以就想回绝。可庄顺黏得很,接二连三地打电话来,弄得刘方宇倒不好意思了。他转念一想:我不是已经服了戒贪药丸了吗?怕什么,到时候万一顶不住,还有这药丸可以为自己撑腰。于是就应了下来。

酒席摆在会仙楼大酒店最豪华的雅间里,来的除了庄顺,还有一个自称是集团老总的胖子,三个人彼此客套了几句,就开始吃喝起来。

酒至半酣,庄顺起身去了洗手间,那个胖子神神秘秘地凑近刘方宇,把一个鼓鼓囊囊的信封递给他,说:"刘县长,这点儿小意思不成敬意,算是兄弟对您高升的一个祝贺,今后我们集团还要仰仗刘县长多多关照……"

胖子正说到这里,雅间门突然被推开了,服务员进来上菜,胖子吓了一跳,慌得一边把手中的信封从桌子下面塞到刘方宇手里,一边冲着服务员吼道:"没告诉你不打招呼别进来吗?"说着就站起身冲上去,连推带搡地把服务员撵出门外。

刘方宇攥着厚厚信封的那只手,手心里几乎全是汗,他想:这里面大概有两三万吧?这钱要收了,以后会不会出事啊?谁知他刚这么一闪念,突然发现自己的身子"刷"地一下就缩起来,变成只有一粒灰尘那么大,想喊喊不出声,想走迈不动步。

几乎是与此同时,庄顺从洗手间返回雅间,一进门就愣住了:刘方宇人呢?

胖子拿起刘方宇扔在椅子上的那只厚厚的信封,疑惑地问庄顺:"你这个老同事莫非真的刀枪不入?要真那样,那咱们承揽广场工程的事就难办了。"

庄顺倒还沉得住气,干笑两声,说:"别急,这小子的脾气我清楚,过两天咱们到他家里去一趟,你信封里再多塞点,把他喂饱了,还愁他不乖乖地给我们办事儿?"

说完,两个人嘻嘻哈哈地出去了。

听到他们这番话,刘方宇的鼻子都快气歪了:好你个庄顺,居然这样卖我?哼,等着瞧,广场工程我就是要实行公开招标,你们想使歪门邪道,没门!

正这么想着,突然,刘方宇觉得自己的身子迅速变大起来,一会儿就恢复了原样。哈,看来老丈人这药丸有点儿意思!刘方宇高兴得伸手理了理自己的头发,昂首挺胸地走出了酒店。

当晚,刘方宇又接到一个邀请,请他的是一个叫焦易的民营企业家,地点在芳草天涯夜总会。

这种地方刘方宇以前根本不敢去，所以一开始有些犹豫，可再一想，自己不正可以借这个机会联络一下与民营企业家的关系吗？而且潜意识里，刘方宇觉得自己年近四十还没到这种灯红酒绿的地方去过，心里也有些痒痒，反正有老丈人的药丸撑着，所以就偷偷地去了。

焦易七拐八拐，把刘方宇带到一个灯光幽暗的包厢里，刘方宇一看，里面除了一个高高大大剃着板寸头的男人之外，还有三个浓妆艳抹的女人。

刘方宇毕竟是个正统的人，真见了这种场面，立刻本能地转头就走。开始，焦易见刘方宇肯赏光，肚子里正憋不住笑得欢呢，现在一看戏还没开演刘方宇就要走人，慌了，连忙拦住说："刘县长，别……"

刘方宇说："焦先生，这种服务我不会接受的，我今天来是为了听听你对县里的民营工业发展有什么看法，希望你在这方面多为县里出把力。这几位小姐请她们出去，要不，我走！"

焦易竖起拇指哈哈大笑："好！刘县长果然是一身正气，让我们这些市井小人敬而生畏啊！"他挥挥手，赶紧让那几个小姐出去，又把板寸头喊过来嘱咐了两句，板寸头也出去了，焦易这才拉着刘方宇坐下，两个人边喝茶边聊了起来。

这个焦易，对县里的好多情况都了如指掌，对办工业还真有一些真知灼见，慢慢地，刘方宇心里放松起来，彼此聊的话题也越来越宽。

这时，只听得有人敲门，焦易说了一声："进来！"

包厢门开了，一个年轻貌美、衣着得体的姑娘走了进来，把手里的一份文件递给焦易，说："焦总，请您在这儿签一下字。"

焦易看了看文件内容，签罢，那个姑娘转身就走。

焦易喊住她，向刘方宇介绍说："这是我表妹，林倩，大学刚毕业，现在当我的助理。"随即又唬着脸对林倩说："怎么这样没礼貌,见了刘县长连个招呼也不打? 还不快给刘县长敬杯茶!"

　　林倩的脸顿时红到了脖子根,扭扭捏捏地在刘方宇旁边坐下来,端起桌上的茶壶就要给刘方宇倒茶水,刘方宇连忙伸手去推,谁知正好碰上林倩的手,刘方宇也闹了个大红脸。

　　焦易立刻看出了他们的尴尬,连忙掏出手机说:"对不起,我打个电话。"就快步走了出去。

　　这时候,刘方宇突然心里就像着了一团火,抓住林倩的手不肯放,猛地扑了上去。

　　谁知他向前一扑,身体立刻又急速地变小了,一下缩到了沙发下面;那林倩呢,娇羞地低着头等了一会儿,不见有动静,抬头再看,却发现包厢里空无一人,吓得"啊"地一声尖叫起来。

　　这时候,包厢的门立刻被撞开了,焦易和板寸头一步闯进来,板寸头的手里还举着一架数码摄像机。

　　焦易一把揪住林倩的衣领子,凶狠狠地问:"说,刘县长去哪儿了?"

　　"我、我也不知道。"林倩哆哆嗦嗦地回答说,"刚才还在,可一转眼就不见了。"

　　"你这个臭婊子!"焦易骂道,"我已经在给他喝的茶里下了春药,就这样你还办不利索? 雇你来有什么用? 你给我快滚,少在这儿装清纯!"

　　"老板,"板寸头在旁边小心翼翼地问,"那摄像还拍不拍?"

　　"拍你妈个头!"焦易怒气冲冲地冲了出去,板寸头和那个被焦易称作"我表妹"的林倩只好紧紧跟了上去。

　　刘方宇在沙发下面惊出一身冷汗:好家伙,差点把自己一辈子的清白都搭了进去,人这歪心是真不能有啊! 刘方宇感慨不已。

　　不一会儿,刘方宇的身体又迅速恢复了原样,他拍拍自己有些发晕的头,坐在那里怔了好半天才站起来。

有了这两次教训,刘方宇终于知道自己应该怎么来做这个官了,后来不等老丈人找来,他就迫不及待地自己上门去了。老丈人问他药效怎么样,刘方宇连连称好,毫不隐瞒地把这两次差点犯错误的经历原原本本地说了出来。

刘方宇问老丈人:"爸,您从哪里研究出这么好的东西来?"

老丈人看着他的眼睛,说:"你知道我这药是怎么研制出来的吗?这是从那些被贪官污吏奸商恶霸坑害了的老百姓的眼泪里提炼出来的!"

"可是我……我有一点不明白,"刘方宇说,"为什么那会儿我的贪思邪念刚冒出来,身体突然就会变得那么小呢?"

老丈人语重心长地告诉他:"因为这个时候你就是'小人',就没有人再看得起你了!"

（邢　东）

（**题图:**魏忠善）

精彩发言

唐经理家前段时间雇了个小保姆，因为模样儿水灵，唐经理对她春心荡漾，终于盼到夫人出差的大好机会，就迫不及待地下了手。没料这小保姆性如烈马，宁死不从，在反抗中竟然把唐经理的舌头生生地咬下一截来。后来，医生给唐经理移接了一截舌头，尽管说话时舌头有点大，不像以前那么翻转自如，但毕竟能说话了啊，总算是不幸中的万幸。

唐经理从医院回来的当天，他夫人出差回来了，自然就知道了唐经理移接舌头的事，一看小保姆不见了影子，不由心生疑窦，就狠劲追问唐经理到底是怎么回事。

唐经理打算骗夫人说是自己吃东西时不小心咬掉的，谁知嘴巴一张，竟说成了："还不是你雇来的那个小婊子咬的！"话一出口,唐经理就直想抽自己的耳光。

夫人又哭又闹地扑上来,对着他又撕又咬:"好呀,你这个天杀的,竟敢趁我不在家,跟她……"

"是,是,是……"唐经理本想说"没有",结果话一出口又不对了,连说了三个"是",而且一个比一个口气肯定。他知道这会儿自己在家里是待不住了,只有等夫人火气平息了再说,于是拔脚就朝门外溜。

唐经理跑到单位,一个副经理正好迎面走来,招呼他道:"经理好!"

唐经理习惯性地点头微笑,嘴里却说:"好?你不咒我早死,可以坐我的位子,那我就给你烧高香了!"

唐经理这一句话,把那个副经理噎个半死,愣了好一阵,才尴尬地回应一句:"唐经理,您太幽默了!"

这时,业务科的一个女孩正打他们身边经过,看见唐经理也招呼了一声:"唐经理好!"

唐经理看了她一眼,"呵呵!"他说,"几天不见,你的胸部又丰满了不少呀,真想摸一把!"

这句话更是"幽默"得可以,女孩羞得满脸通红跑掉不说,更是令站在一边的那个副经理瞠目结舌。

唐经理知道自己的嘴漏大了,什么话也不敢再说,赶紧低着头快步朝自己办公室走。他心里叫苦不迭:这个该死的医生,移接给我的是什么鬼舌头啊?怎么会我一想啥它就说啥?这样下去叫我如何做人?看来我得先装一阵子哑巴再说了。

唐经理倒在老板椅上直叹气,正在这个时候,他桌上的电话"丁零零"响了起来,他拿起来一听,是局长打来的。

局长在电话里说:"老唐啊?下午石马乡的追思会,你要准备个发言哪!"

唐经理一愣:"追思会?谁的追思会?"

局长说:"赵忠现啊! 怎么? 你还不知道?"

唐经理一惊:"赵忠现? 他终于死了?"

"你这是什么话?"局长在电话那一头愣住了,"什么叫'终于死了'? 你总不会是盼着他死吧? 赵忠现同志在石马乡扶贫,因病突然去世,当地老百姓非常怀念他,所以下午的追思会上,你作为他曾经工作过的单位代表,要发个言,有个态度。"

唐经理知道是该死的舌头又替自己惹下了祸,他本想向局长解释几句,可又怕话多事儿更多,就索性闭紧嘴巴把话憋回了肚子里。局长在电话那头"喂"了两声,见没回应,只好把电话挂了。

说起这个赵忠现,原先是唐经理公司的总务科长,秉性耿直不说,还老爱把公司里一些没法拿上"台面"的事往局里捅,唐经理一到公司上任,就发现他那双锐利的眼睛一直在背后盯着自己。听说公司原来的经理就是被赵忠现这样给捅下去的,所谓前车之覆后车之鉴,于是唐经理就一直寻思着要去掉这个心头祸患。终于有一次,局里的后勤仓库缺少一个总保管,唐经理就借口干部力量支援,把赵忠现给"支援"出去了。至于赵忠现怎么扶贫到了石马乡,这已经是后话了,不提。现在听说这颗曾经的眼中钉死了,唐经理能不说"终于"吗?

为了不再给自己捅娄子,唐经理特地让办公室给自己起草了一份发言稿,这才揣上它一身轻松地开车往石马乡去。

下午,赵忠现的追思会准时开始。轮到唐经理发言的时候,他不慌不忙地拿出稿子,先是抬眼扫了众人一眼,然后才有声有色地照本读了起来。

唐经理原以为这样应该就没事了,可谁知读着读着,怪事来了:稿子上的字越读越模糊! 真是见鬼了,唐经理心里着急啊,揉了好几次眼睛,幸好这个稿子他刚才在车上已经看过好几遍,勉强能记个大概,于是就凭着记忆脱稿讲了起来。

讲了一阵,会场里开始骚动起来。

开始唐经理还不怎么觉得,后来猛然惊觉过来,发现自己嘴里讲出来的并不是原先稿子里写的内容,而是在讲述当年赵忠现在公司里当总务科长的时候,自己如何报复他的事情。唐经理吓出一身冷汗,想停住不说,但奇怪的是舌头竟然不听使唤,还是"叽叽咕咕"地说个不停,而且越说越具体:什么时候,自己贪污了多少公款;什么时候,自己收受了什么人的多少贿赂;自己还包养了多少个情妇……

真正要命啊!唐经理就这样滔滔不绝地讲了两个多小时,直到后来来了几个纪委的同志,将他请出会场,他的发言才算打住。

这应该是唐经理上任以来最精彩的一次讲话了,经调查,所述事情完全属实,一条大蛀虫锒铛入狱!大家都说,是赵忠现同志的在天之灵冥冥中感化了唐经理堕落的灵魂,才让唐经理终于良心发现,主动交代了自己的罪行。

还有一个小插曲!后来到了狱中,唐经理才得知一个真相:医生给他移接的舌头居然就是赵忠现的,这可是他万万没有料到的。

(聂志红)

(题图:安玉民)

游 戏 背 后

在工作与游乐之间,存在着一种和谐,把两者巧妙地结合起来,生活的艺术就在其中了。

　　这天,不知从哪儿钻出两个小鬼和一个老鬼。这三个鬼来到一幢 20 层楼的屋顶上,还弄来了大大小小的许多石头,准备做个有趣的游戏:看谁能用石头把楼下经过的人砸死。

　　不一会儿,下面来了个人,身材魁梧,头上还戴着安全帽,看模样是个建筑工人。

　　老鬼对小鬼说:"哪个先来?"

　　两个小鬼摇摇头:"算了吧,你没看见人家头上有安全帽呐。"

　　老鬼笑笑:"你们不动手,那就看我的。"他随手捡起一块鸡蛋大的小石头,轻轻往下一丢,那石头不偏不倚,正好落在安全帽上。"叭"地一下,安全帽四分五裂,接着"啊"地一声,那大个子便倒在了血泊之中,等救护车赶到,大个子早已一命呜呼。

老鬼得意地说:"看见了吗? 不要相信广告上的话,那是吹牛,比咱们鬼话还不值钱! 现在是防盗门不防盗,保险带不保险,安全帽不安全……这不,露馅了吧?"

正说着,下面又来了个人,长得跟鸦片鬼似的,三根筋挑着一个头,瘦得连风都吹得倒。他弓着腰慢吞吞地走着,那双猴眼却东张西望,像是在搜索什么猎物。

两个小鬼朝下一看,乐了,其中一个高个子小鬼抓起一块比拳头大的石头,说:"你们别动,让我来收拾他!"

老鬼笑笑:"你别高兴得太早,要知道,他是个贼。"

"贼又怎么啦?"

不等老鬼开口,下面的那个贼一抬头,发现屋顶有鬼,知道情况不妙,急忙从口袋里掏出一大把钞票顶在头上。

高个子小鬼一看笑了:"你们看,这家伙吓懵啦,一叠钱能当安全帽? 傻蛋!"说着将手里的石头扔了下去。

石头落在那人的头上,"扑"的一声,他便倒下了,钞票撒满一地。

两个小鬼飞身落地,捡了钞票回到屋顶,对老鬼说:"师傅,贼已经死了,这钱给你。"

话音刚落,只见那个贼一骨碌从地上爬了起来,仰头朝屋顶做了个鬼脸,还说:"钱是身外之物,你们拿去便是,我留得青山在,不怕没柴烧。"说完,拍拍身上的灰尘,钻进小巷,寻找猎物弥补损失去了。

老鬼这才语重心长地说:"看见了吗? 钱也是一种安全帽,而且还比较高级。不是说'有钱能使鬼推磨'吗? 还怕你那么一块小小的石头?"

老鬼这番话,说得两个小鬼连连点头。

这时楼下又来了个人,大约五十多岁年纪,挺着个鼓鼓的啤酒肚,秃了顶的脑袋油光光的,他双手反剪,迈着方步,缓慢而行。

小鬼一见非常高兴,没等高个子小鬼动手,矮个子小鬼开了口:"这回该我了,看我把他砸个脑袋开花!"

老鬼摇摇头:"慢,我看这个人更不好对付,你们不妨合作抬块最大的石头扔下去试试。"

两个小鬼心里疑惑:"怎么,莫非他是气功师? 不像。就算是个气功师,也来不及运气呀! 杀鸡何必用牛刀呢?"但都没说出口,还是照老鬼说的做了。他们"嗨唷杭唷"地抬起一块磨盘大的石头,照准那个大胖子扔了下去。石块一路呼啸而下,连两个小鬼都忍不住闭上了眼睛,心想:这下哪怕他块头再大,也成肉酱了。

可等小鬼睁开眼睛一看,却呆住了! 只见大石头悬在空中,正缓缓地向前移动!

老鬼在一旁笑道:"想不到吧? 你们下去看看就知道是怎么回事了!"

两个小鬼赶紧下楼,凑上前一看,惊讶得嘴都合不拢!

只见那个大胖子安然无恙,依然腆着个大肚子慢吞吞地走着,在他的头上,顶着一枚公章,公章的柄,顶着那块大石头!

(张东兴)

(题图:魏忠善)

神经性皮炎

老王身为县里的一局之长,但是从来不摆架子,对下级平易近人,显得很随和。可他的穿着却很严谨,一年四季都是西装革履,领带扎得紧紧的,扣子扣得严严的,从来不见有丁点马虎。

在一次全局人员的饭局上,大家一开心,喝了个浑身冒汗,有的人甚至脱衣解扣,摆出了一副准备赤膊上阵的架势。王局长虽也汗流满面,但领带扣子却纹丝不松。

坐在局长身旁的一位名叫李树声的小科员见状,忙说:"王局长,这里没有外人,你把领带松了多好。"

要在平时,李树声哪怕打死他也不敢在局长面前指手画脚,现在是酒精起作用,才说了这番话。哪想王局长听李树声一提醒,便说:"好,我听你的。"说着就脱了外衣,松了领带,解开衬衣扣子,又说:"你们谁见我松过领带?不为别的,就因为我脖子上有秘密。"他将领子一拉,大家见王局长脖子上果然长着两个疙瘩。

王局长说:"这东西叫神经性皮炎,我跑了很多医院,用了不少药,但都无效,今天用药搽上,这里好了,明天又在旁边冒出来,它就围着脖子跟你捉迷藏。唉,没办法,只得用领带将它封闭起来,冒汗也不敢松开。好,不说了,大家喝酒吧,这件事你们知道就行,请勿外传。"

听局长这一说,大家的心情顿时沉重起来,都为王局长担忧:堂堂一个局长,脖子上长那么几个东西,多难看!有的还说:现在医学这么发达,连心脏都能换,对这点小毛病就没办法?人们为这事议论纷纷,唯有李树声一言不发。

第二天,李树声找到王局长,开门见山地说:"局长,昨天你说的那个神经性皮炎,我也有。"

王局长笑笑说:"是吗?那我们还是同病相怜呀!你长在什么部位?"

李树声卷起袖子,左胳膊的关节上果然有几个小疙瘩,跟王局长脖子上的一模一样。李树声告诉王局长,他的这些小疙瘩原来也长在脖子上,多亏他岳父是个土郎中,用祖传秘方才把这东西从脖子转移到胳膊上。

王局长说:"那为什么不把它消灭呢?"

李树声摇摇头:"不行啊,我岳父说,人长了神经性皮炎,那是身体的需要,是为了排毒,如果不让它长,五脏六腑的毒排不出来,那是会出大问题的,所以只能叫它搬家,而不可将它消灭。其实办法很简单,既不用开刀,也不必打针吃药,只要贴膏药就行。我岳父有两种膏药,一种白的,一种黑的,白的贴在长着神经性皮炎的地方,黑的贴在要它安家的部位,两天后,原有的疙瘩不见了,贴黑膏药的地方却长出来了,搬家完成,而你又不痛不痒,啥感觉也没有。局长,你何不也试试?"

听李树声这一说,王局长十分高兴,第二天就翻山越岭来到李树声岳父家。老人见来者是女婿的顶头上司,显得格外客气,也特别认真,一阵忙碌之后,给王局长贴上了黑白两张膏药,分文未收。

说来真怪,两天后王局长扯掉膏药一看,脖子上的小疙瘩果真无影无踪了,连疤痕都没留下一丁点,它的新家安在了胳膊上。王局长非常开心,解除了大热天系领带的痛苦,觉得轻松了许多。

转眼到了夏天,气温一天比一天升高,眼看人家有的穿短袖衬衫,有的穿 T 恤衫,既显得年轻,又潇洒自如,可是王局长不敢穿,因为胳膊上有那么两个小疙瘩,红红的,好不刺眼,这东西露在外面,岂不影响局长的形象?于是他又找到李树声。李树声二话不说,便把岳父请来,上门服务,将王局长神经性皮炎的家搬到了腿上。

时隔不久,王局长要调到市里去工作了,这消息一传出,王局长兴奋之余就忙碌开了,他要学电脑,学开汽车,还要学打网球等等,以适应新的环境。这一来,他腿上的神经性皮炎又和他的理想追求发生了矛盾,别的不说,,就那让人平添几分阳刚之气的网球衫一穿上,那两个疙瘩便暴露出来,要多难看有多难看。

为了解决这一矛盾,他又把李树声的岳父请来,要这位土郎中再次给他的神经性皮炎搬搬家。可是这一次土郎中却摆起了架子,摇摇头说:"王局长,你有所不知,神经性皮炎这东西很怪,安家的地方很有讲究,一,离内脏近的地方,如胸、背、腹这些部位,必须避开,因为有危险性;二,脚上不能去,因为那地方浊气太重,弄不好扩散起来能把整个脚搭进去;三,它是好马不吃回头草,住过的地方绝对不去,比如现在想把它再搬到脖子上去,那是空想,绝对办不到。王局长,你身上总共就那么几个部位,哪经得起今天一个主意、明天一个想法地搬来搬去呀!再说我这膏药并非仙丹,次数用得多,也许就不灵了,所以你要想好了部位,让小疙瘩在一个地方定居。"

王局长听他这一讲,不觉傻了眼,心想:哪里才是神经性皮炎最佳定居点呢? 他一时没了主意。

还是李树声脑子灵光,稍一思考就提出了一个好地方,那就是屁股。这确实是个好主意,堂堂一个局长,是绝对不会当众脱裤子的,屁股是最秘密也是最安全的部位。就这样,王局长的神经性皮炎又一次搬家,从腿上移到屁股上,一边一个,像两朵桃花似的在他屁股上定居下来。

为了感谢李树声,临走之前,王局长把李树声提拔做了科长,也算还了个人情。李树声自然感激,扔出一句话说:"王局长,您那小疙瘩今后有什么问题,只管找我。"

这本来是句客气话,想不到时隔3个月,王局长真的为这事找上门来,要他帮忙再给神经性皮炎搬一次家。这是怎么回事呢? 原来市里有个名气很大的娱乐场所,名叫绿色娱乐城,别看名称很时髦,其实是个卖淫嫖娼的黑窝。这事引起了公安部门的关注,在一次扫黄行动中抓了个准,许多所谓的"绿色小姐"被请进了公安局。据一个姓陆的小姐交待,有个常客姓王,至于叫什么名字,在哪个部门当官,他从来不说,小姐只知道他屁股上有两个红疙瘩,一边一个,很是显眼。

王局长从公安局的朋友口中得知这一信息后,吓得出了一身冷汗,心想:要是来个脱裤子验屁股,岂不真相大白! 好在自己屁股上的东西还没人知道,当务之急是立即让它搬家。

可是李树声的岳父说:"搬当然可以,但是往哪里搬呢? 你身上除了脸上这块地盘,已没地方可搬了。王局长,让你这好好的脸上长两个疙瘩,那就惨了,我也于心不忍呀!"王局长听了一愣,呆呆地思考了很久,最后牙一咬,说:"现在是保屁股要紧,只好委屈这张脸了,动手吧,越快越好!"

两天后,王局长屁股上的两块红斑不见了,连痕迹也没有留下一点,只是在眉毛旁边多了两个疙瘩,老远都能看见。

这一来,王局长是放心了,可他老婆不高兴了:"你是哪根筋搭错了,竟把那东西当作立功奖状搬到了脸上,要多刺眼有多刺眼。要知道,你的脸就是我的脸,你不在乎,我难受!"

王局长知道自己理亏,任凭老婆怎么骂,他抱定"聋子听不见狗叫"的态度,一言不发。可是老婆骂了个没完,最后还放声大哭了起来,这可把王主任惹火了,把桌子一拍,说:"你懂个屁!我一不是歌星,二不是影星,我是局长,光想着一张脸干什么?"

其实,王局长也确实无路可走,为了保住官位,也只有牺牲脸皮了。不过这办法是否有效,那就很难说了。

(刘桂祥)

(题图:黄全昌)

一眼看穿你

　　周末，赵之去乡下河边钓鱼，突然乌云翻滚，电闪雷鸣，他抓起渔竿拼命往回跑，可是一声惊雷将他击倒在地，他的衣服被烧烂，连头发都被烧焦了。好心的过路人以为他死了，后来发现他还有呼吸，便赶紧把他送进医院。

　　赵之在医院里昏迷了三天三夜，第四天一早竟奇迹般地醒了过来。医生怀疑他会留下什么后遗症，但什么仪器都检查过了，啥毛病也没有。从雷公老爷手里捡回一条命，赵之乐滋滋地回到了家。

　　第二天，赵之乘公交车上班时，突然惊愕地发现自己的眼睛像 X 光一样具有透视功能，不但能看清周围人脑子里的构造，更神奇的是还能看穿他们的思维！他前面有一位戴鸭舌帽的青年,正在盘算如何偷走旁边座位上一个乘客的皮夹,赵之立刻走上去轻声劝他:"千万别那么想。"那青年吓得面如土色,车刚一靠站,滑脚就溜。

赵之肚子里觉得好笑。车到站,人刚进厂,他就发现同车间的大张看上去像是在抽烟解馋,实际上心里却在琢磨怎么才能在下班时把车间工具箱里的一把新电钻带回家。他于是笑着走上去,拍拍大张的肩膀说:"一把电钻能值几个钱呢?"大张一听,瞪眼看着他,惊得半天说不出话来。

赵之觉得这种事点到为止,于是调转头朝自己工位上走去,半路上碰到车间主任,他正一路走一路在苦思冥想,怎么才能和那个新分到他那儿的女大学生搞上关系。赵之心里一惊,赶紧悄悄对车间主任说:"你一厢情愿有什么用,可别害了人家啊!"车间主任心里的诡计被赵之点穿了,臊得满脸通红,又惊讶又害怕。

过不多久,赵之有特异功能的事儿就传开了,于是车间里所有的人见了他都害怕,都想法躲着他。你想,谁没有自己的隐私呢?你自个儿在那里想着,却一下子被赵之给看穿了,这多可怕啊!车间主任向分管他们车间工作的副厂长反映,要求调走赵之,理由是赵之与大家搞不好团结。

副厂长听说赵之的人际关系这么差,就找赵之谈话,可刚走进他们车间,还没说话呢,赵之看着副厂长的额头,突然凑近他耳朵小声说:"你刚才是在想把包工头给你的那十万块钱藏在家里水表箱下面的事吧?我看还是不安全,不如把它交上去最省心。"这位副厂长一听,顿时吓得两眼发黑,一把扶住门框才没有跌倒。他心里总算明白了车间里为什么不要赵之的真正原因。

副厂长眉眼一转,隔不了几天就把赵之作为一名技术能手推荐给了一个老乡,因为这个老乡是单位里的头头。可是三天以后,那老乡带着赵之又回转来了,咬着牙低声对这位副厂长说:"你太缺德了,老乡老乡,背后一枪啊!"

怎么才能把赵之名正言顺地调出去呢?副厂长绞尽脑汁,终于想出了一条妙计。他命人出了一份离奇古怪的考卷,规定成绩不及格者都要下岗,然后把标准答案暗地里通给所有的人,唯独不给赵之。这下,赵之考试果然得了个零分。

可是赵之才不怕呢,他相信自己的能力,凭本事不怕弄不到一碗饭吃,果然没几天,他就被一家私人企业高薪聘用了。不过两天不到,他又被打发了回来,原因是那私企老板赌钱赌输了,想购进一批棉籽油掺到菜油里卖,这自然躲不过赵之的眼睛,赵之规劝老板,老板当面笑着点头,但第二天就找个茬将赵之辞了。

赵之回到家,老婆讥讽他:"你本事那么大,什么都知道,怎么结果却连自己的饭碗也保不牢?"老婆气呼呼地不理赵之。

赵之说:"好吧,既然如此,明天我就去南方,不再回来了。"

"为什么?"老婆很惊讶赵之怎么突然做出这样的决定。

赵之冷笑道:"你不是正在找理由要和我离婚,跟那个小胡子凑一块儿吗?"

（紫　雪）

（题图:安玉民）

影子丢了

　　有个青年人叫王柯,他到某市出差已经好几天了。这天早上他在街上闲逛的时候,觉察到许多人在他背后指指点点,交头接耳地说三道四,他觉得奇怪,下意识地摸了摸脸,整了整衣服。可没什么不对头呀? 就在他迷惑不解的时候,只听一个小孩子说:"妈妈,你看,这个叔叔把影子丢了……"王柯急忙往脚下看,惊呆了:灿烂的阳光下,地上居然没有自己的影子。这就奇怪了,一个大活人,大太阳下怎么会没影子呢?

　　王柯正愣愣地在那里发呆,一个老太太颤颤巍巍地走过来,对他说:"小伙子,年纪轻轻的,可要学好呀!"王柯一愣,疑惑地问:"老奶奶,这究竟是怎么回事儿呀?"老太太说:"影子丢了呗,叫你不学好! 知道影子的下落吗? 不知道就去派出所打听打听。"

王柯赶紧来到派出所，一个民警正儿八经地坐在那里，见他一脸不安的样子，关切地问："发生什么事了吗？"王柯觉得这民警好面熟，却又想不起在哪儿见过，就一面点头一面说："民警同志，你看，我的影子昨天还有呢，怎么今天就没了？请你帮我找找！"

谁知那民警一听，脸沉了下来："老实交代，昨天你干什么坏事儿了？"王柯吓了一跳，怯怯地说："我没干什么坏事儿呀，我是来这里出差的。"那民警冷笑一声："没干坏事儿，怎么会把影子给丢了？你得配合我工作，不然我到哪儿给你找影子去？说，你昨天都去什么地方了？"

被民警训斥了一顿，王柯的汗都冒出来了，他回忆了老半天，把自己昨天所有去过的地方一五一十说了一遍。民警听了生气地说："市郊八里路北段？就是这儿，昨天发生了一起强奸案！"民警话音未落，王柯就急得叫起来："我可不是强奸犯！""住口！"民警猛喝一声，"受害者说，案发时有三个人在现场，可都不敢相救，你就是三个人中的一个！"王柯惊呆了，他没想到这种事儿警方都能查出来。

民警看着他直摇头："去案发地看看吧，你的影子应该是丢在那儿了。不过你去了也没用，你得干件好事儿，将功补过才行。记住，在我们这个城市，如果不想把自己的影子弄丢，就得做个见义勇为的好人！"

王柯被民警说得低下了头，走的时候，那民警连屁股都不动，就坐在那里抬眼看着他，他心里闷闷的：我以后改还不行吗？你就连起码的送别礼节都不给我？

为了找回自己的影子，王柯很快就赶到市郊八里路北段，果然，明媚的阳光下，那儿的地上真有三个人影。王柯一下就认出了自己的影子，他大步走了过去。然而，他的影子却不认得他了,他刚走近两步,影子就连连朝后退了两步,他越追得急,影子就越逃得快,不一会儿王柯就累得气喘吁吁。

王柯一想,这样不行,于是就对影子说好话:"影子呀! 是我不好,请你原谅我一回,下次我一定见义勇为,跟我走吧,好吗?"可是影子并不理会他。王柯抓耳挠腮地四下张望,突然眼前一亮! 在前面不远处的墙上,他看到有一行字:"影子公司:帮你找回丢失的影子。联系电话:12345678。"王柯想:自己明天就要离开这里出差回家了,这一时半会儿的,往哪儿找见义勇为的事做呀,不如找他们帮忙试试。于是立刻掏出手机拨通了对方的电话,约定见面时间。

很快,影子公司来了两男一女三个人,可是王柯往他们脚下一看,不禁失望极了:"你们还影子公司呢,怎么连个的影子都没有?"那三人相视而笑,其中一人说:"我们为了顾客,只得出卖自己的影子。刚才电话里已经给你说明了,五百块,包你把影子找回来。"王柯不放心地把钱交给他们,叮了一句:"找不回影子,你们得把钱退给我呀!"

正说着话呢,只见那个女的突然往前走去,那两个男的紧随其后,王柯不知道他们要干什么,正疑惑着,突然就见那两男子冲到女的身后,一把把她抱住,女的大呼道:"救命呀! 救命……"王柯愣了愣,跳起来就向女子奔去,嘴里大叫着:"住手!"他奔过去,用力一推,把一个男的推倒在地上,再要去推另一个男的的时候,只听那个女的叫道:"停!"又指指地上对王柯说:"你看!"王柯低头一看,忍不住哈哈大笑起来:"啊,影子! 我的影子终于回来了!"原来是影子公司三个人故意演的一出戏,目的就是要帮王柯把影子找回来。

现在戏演完了,那三个人恭喜了王柯一通就走了。影子归来让王柯兴奋极了,他一边走一边笑,然而没乐多久,就听到一个孩子的声音说:"妈妈,你看,这个叔叔的影子怎么和鸡蛋一样小呀?"

王柯大惊,低头一看,果然,刚才还高高大大的影子这会儿竟变成鸡蛋般大小了。他赶紧蹲在了地上,生怕这古怪的影子再被别人看到。不行,这该死的影子公司,帮忙该帮到底啊!他接通对方电话,一问,人家解释说:"我们只答应给你找回影子,可没说影子有多大小。本来嘛,演戏啊,假的,谁让你作假呢?作假就是小人,小人当然就是小影子了……"这话差点没把王柯给气死。这可怎么办?明天就要回家了,带着这个小影子回去,这一辈子可就出不了门、抬不起头了。

王柯思前想后,最后又来到派出所。只见那个民警还坐在椅子上,他看到王柯就笑了:"作假了吧?自作自受,你就不会干点真事儿?"王柯苦笑道:"求你帮帮忙,你这儿消息多,给我个机会,让我将功赎罪一回。"看王柯一脸真诚的样子,民警点了点头:"行,你留个电话号码,先走吧,晚上我约你。"王柯注意到,一直到自己离开,那民警就是稳坐在椅子上一动不动。王柯觉得很奇怪:莫非他是残疾人?就这么不利索的样子,还指望他帮自己解决问题?无奈没有更好的办法,王柯只能耐心等着。

到了晚上十点多钟的时候,那民警果然来约王柯了,两个人在约定的地点会合后,就找了个偏僻的角落隐蔽起来。那民警对王柯说:"告诉你,那些坏人都没有影子,所以他们白天不敢出来,只有在晚上作案。这一带案子多,但愿今天有你出力的机会。"

两个人就这么等着,一个小时过去了,又一个小时过去了,王柯见一直没动静,心里很失望,睡意也越来越浓,正迷迷糊糊的时候,突然听到不远处一声撕心裂肺的叫喊:"救命呀!救命……"两人猛跳起来,循着声音冲过去。歹徒见有人来,顾不得抢得的东西,赶紧跑,民警带着王柯一路追上去。

这一追就追了将近一公里的路,歹徒跑不动了,停下步子转过身,"呼"地从腰里拔出匕首,朝他们两人晃了晃,喝道:"追什么追,你们不要命了?"王柯今天有民警在身边,什么都不顾了,冲着歹徒直嚷:"我们不怕你!你还是赶快老老实实认输吧!"说着,他就勇敢地扑了上去。

然而,王柯怎么会是心狠手辣的歹徒的对手呢?他被歹徒猛一脚就踢倒在地上。就在这危急时刻,民警飞身扑了过去,一下就把歹徒压在了地上。王柯上来帮忙,把手铐铐在歹徒的手上。然而就在民警站起身来的时候,王柯看到他的胸口插着一把匕首。

民警朝王柯苦笑道:"对不起,我现在实话对你说了吧!昨天晚上我喝醉了酒,作为一个警察,竟然没有去救那个女孩。唉,这事想起来心里就憋得慌。你现在应该想起我是谁了吧,昨天八里路北段,你我都在现场,之所以今天一整天我都坐在板凳上不动,就是怕别人发现我没有影子。不过现在好了,我的影子应该回来了……"

民警的脸色苍白,却欣慰地笑着。王柯把民警送进医院,他在急救室外紧张地等待着,心里默默地祈祷,祈祷生命垂危的民警能渡过难关,祈祷每一个人都能快乐地生活在明媚的阳光下……他已经完全忘了自己,他根本没有发现,其实就在这个时候,在医院走廊白炽的灯光中,他映在墙上的影子,已经变得又高又大……

(老　海)

(**题图**:魏忠善)

超级游戏

那天,陈秋秋正在家睡懒觉呢,忽然有人敲门,他只好懒洋洋地起来。跑过去开门一看,门口站着一个俊秀的年轻人,很有礼貌地朝陈秋秋点点头,说:"先生,您好,我是电脑软件公司的……"

陈秋秋一听是来推销东西的,立刻不耐烦地说:"对不起,我什么都不要。"

年轻人却很有耐心,说:"先生,我们公司最近研制了一款新的游戏软件,我给您介绍一下。"他边说边打开手提包。

陈秋秋是个游戏迷,一听对方说游戏软件,眼睛顿时就亮了。

年轻人很诚恳地说:"先生,这款游戏软件,市场价三百元,公司现在免费送给您。"

陈秋秋一愣："免费送？你们以后也不会来向我收钱？"

年轻人点点头："绝对不会，这套游戏软件是免费送给您的。我姓王，您叫我小王好了，以后有什么事，请尽管找我。"

陈秋秋看年轻人不像是开玩笑，心一横：怕什么，以后真要来收钱，大不了把软件还给他就是了。于是就收了下来。

一晃，一个月过去了，那个送游戏软件的年轻人小王又来敲陈秋秋家的门了："先生，我们公司对顾客实行跟踪服务，每个月回访一次，请问，您觉得这款游戏软件怎么样？"

陈秋秋皱着眉头说："开始还可以，玩了一段时间，觉得挺有趣，但最近经常死机。"他边说边把小王请进屋。

"让我看看。"小王把陈秋秋玩游戏的电脑摆弄了几下，笑容可掬地说，"是这样的，您的电脑配置达不到游戏软件的要求。我给您换上目前市场上最新的配件吧，您放心，我们还是一分钱不收。"说完，他立即打电话到公司，叫人把配件送过来。

待一切搞定，临走之前，小王很有礼貌地对陈秋秋说："现在，您的电脑完全可以胜任这个游戏软件要求了。祝您玩得愉快！下个月的今天，我还会再来。"

小王说完，就告辞走了，陈秋秋想起他说每个月回访一次，下个月的今天还要来，忙抬头看日历：4月1日。这么说，他第一次送软件来是3月1日？对了，想起来了，是那一天，因为那天小王走了之后，他就趴在电脑前开始玩游戏，一整天都没挪过屁股，连母亲的生日晚饭他都忘了去吃。

果然，又过了一个月，5月1日，那个小王又来了："先生，游戏玩得怎么样？"

陈秋秋不住地称赞："好啊，好啊！"

小王这回也不客气，径直进屋，走到电脑前，说："我来看看。"他看了一会儿，对陈秋秋说："是这样的，您的电脑配置虽然达到了要求,但游戏时若戴上我们公司专门生产的立体眼镜,画面效果会更好。"说着,他从提包里拿出一副怪模怪样的眼镜。

陈秋秋拿过来戴上,一看,禁不住惊叫起来:"啊,真是太神奇了,果然看出来的画面效果不一样。多少钱?这副眼镜多少钱?"

小王微笑着说:"您放心,这副眼镜我们公司照样免费赠送,不收您一分钱。"

陈秋秋的装备一升级,玩兴自然更浓了。

到了6月1日,小王又来了:"先生,您觉得怎么样?"

陈秋秋说:"太过瘾了!"

小王摇摇头说:"不,我是问先生您的身体怎么样?"

陈秋秋还真感到有点累了,而且肚子"咕咕"地叫。

小王说:"您一定是因为玩游戏而没时间做饭了吧?"

陈秋秋点点头。

小王立刻从身后拿出一个纸箱:"我们公司针对您这类玩家的实际需要,开发出了一种具有超强效果的'游戏迷魔法面条',只要吃一碗,一整天都不会饿,而且,这种面条的口味特别好,我们也免费提供给您。"

陈秋秋一听,高兴得几乎要跳起来:"太好了!这真是解决了我的大问题呀!"

这时候,距离小王第一次送游戏软件来已经有三个月了。一晃,第四个月也很快过去了。到了7月1日这一天,小王又来了,这次他一见到陈秋秋就吃惊地说:"先生,我敢肯定,您这几天一直在熬夜。您看您眼窝深陷,两眼无神,面黄肌瘦,简直跟动物园的猴子差不多啦!"他边说边把一面早已准备好的镜子从包里掏出来,递给陈秋秋。

陈秋秋一照镜子,大惊失色:"哎呀,我怎么成这样了啊?"

小王安慰他说:"不过,您也不用担心,我这次带来了我们公司专门为您这类玩家生产的'魔法睡眠药',这种药可以将您每天的睡眠时间缩短为一小时,只要睡一小时就足够了。看看,它能为您节省出多少玩游戏的时间来啊!您放心,这种药我们依然免费赠送……"

小王把药放在桌上就走了,不知怎么,陈秋秋这次不像以往那么兴奋,可能是玩游戏玩累了吧。

8月1日很快就到了,小王又像魔鬼一样出现在陈秋秋的面前:"先生,您觉得怎样?啊,先生,您病了?"

陈秋秋躺在床上,有气无力地说:"你……你……你快走,我不想再看到你了,我再也不玩游戏了。"

小王依然笑容满面:"这次我不是来给您送东西的。我们公司为了照顾像您这类玩家的身体健康,决定把以前赠送的东西全部收回,再给您一笔补偿金,您看如何?"

陈秋秋"哼哼唧唧"地说:"你们……你们搞的什么花招?拿走,统统给我拿走!"可是,当小王真把这些东西拿走以后,陈秋秋立刻就觉得浑身难受,心里仿佛有一万只蚂蚁在爬。

好不容易熬过一个月,小王又来了,他看着陈秋秋抓耳挠腮的样子,微笑着说:"不出我所料,先生,您真的患病了。我们公司的顾客百分之九十八都患上了这种病,这叫游戏综合症,除了生理上的种种表现,心理上的危害更可怕……"

陈秋秋惊恐地叫起来:"这……"

小王赶紧拍拍陈秋秋的肩,安慰道:"不要紧张,先生,我们公司用户至上,全力为玩家着想,所以特地开办了一个'戒游所',效果很好,无论是生理上还是心理上,都能帮助您找回自我。只是……只是费用有点高。"

陈秋秋哪里还管什么费用高低,一听小王的话就大叫起来:"我去,我要去!无论花多少钱,我也要去那该死的'戒游所'!"

(荣　才)

(题图:张　恢)

动 物 奇 观

只要看鸟是怎样飞法,就知道它是只什么样的鸟。人心有一种特别的性能,有时它会对一些微不足道的东西给予最高的评价。

眼镜蛇王

　　七叔是村里有名的怪人，七婶死得早，他一个人单过，不爱说话，却爱对小猫小狗自言自语。

　　这一天，七叔的儿子小五去看七叔，一进门，就见七叔在给什么东西包扎伤口。小五走上去一看，不由惊呼道："爸，你从哪儿弄来这条眼镜蛇？这家伙剧毒，赶快扔了吧！"

　　七叔说："蛇怎么啦？蛇也是条性命，不能见死不救。而且这条蛇特别有灵性，今天一大早就等在门口，看见我也不躲，好像是特地来求我给它治伤的。"

　　小五一跺脚，抱怨道："爸，你忘了上次那只大野猫啦？你好心，把它带回来，还给它洗澡，结果呢？它摸熟了路，三天两头在村里惹事，前天还把四婶家的母鸡咬死了，看你怎么跟四婶说？"

七叔说:"你一说我也想起来了,那只猫确实透着股邪劲儿,瞅人的眼神古怪得很。可这条蛇不一样!"说着,他伸出手,轻轻摸了摸眼镜蛇的头,那眼镜蛇就像受到爱抚一般,扭过头,吐出舌信子,轻轻触了触七叔的手,就像是小狗舔主人的手一样。

小五不禁看傻了。

七叔抬头冲小五说:"看见没? 这不是一般的眼镜蛇,灵性着呢!"

几天后,眼镜蛇的伤口愈合了,七叔就把它从铁丝笼子里放了出来。眼镜蛇的头微微抬起,朝七叔吐着舌信子,接着,它在七叔家的几间房里来回游走了几遍。这一走不要紧,只见几十只大小不一的老鼠争先恐后地从七叔家里跑了出去,在地上卷起一阵灰蒙蒙的尘土。七叔的心里不由一动,再看那眼镜蛇,不慌不忙地跟在后面,独自游到院子里,四处打量了一下,然后钻进一个树洞盘了起来。

七叔让眼镜蛇在自己的院子里住了下来,还给它取名叫小青,有空的时候就用各种口哨来训练它。

几个月后,小青蜕了一次皮,长到约有两米长,大酒盅般粗,浑身乌黑发亮。说来也怪,自从小青来七叔家后,方圆几公里内别的毒家伙明显少了,甚至连老鼠和野兔也见不着了。知道小青的人都说小青不是一般的蛇,是蛇王。

七叔家有条蛇王的消息越传越远,这天,县公安局局长突然带着人来到七叔家。局长对七叔说:"上河乡有人在白天被毒蛇咬死了,我听说你养了条蛇王,就过来看看,顺便了解一下情况。"

七叔紧张地问:"有人看见那条蛇吗?"

一个警察插嘴说:"倒是有人看见过那条蛇,有胳膊般粗,一丈来长,灰褐色,头有茶碗般大,好像是条蝮蛇。"

七叔舒了一口气,说:"那绝对不是小青。"

局长说:"要不你把小青叫出来让我们看看?"

七叔于是就吹了声口哨,从树洞里唤出了小青。

局长围着小青,前后左右看了个遍,说:"这条眼镜蛇是够大的,但我看和别人说的那条相差很远。它咬不咬人?"

七叔摇摇头说:"不咬,不咬,它白天很少出来,即使是陌生人,也不会主动攻击你。"

局长看着小青,沉吟了半天,说:"七叔,我想跟你商量个事。听说你这条蛇很灵,能不能让它去斗斗那条大蛇,要是行,也给咱县里除了一害?"

七叔听了,犹豫地说:"小青行吗? 那条蛇那么大!"

局长说:"我看能行,小青既然是蛇王,它就有办法降得住那条蛇。"

七叔回过头,望着小青。

小青像是听懂了他们的话,本来盘着的它忽地抬起了头,它朝七叔看了一眼,又吐了吐舌信。

七叔轻轻问:"小青,你真的要去么?"再看小青的头,似乎微微点了一下,七叔这才说:"好吧,让小青去试试,不过我得跟着。"

第二天,七叔就提上关着小青的铁笼子,跟上河乡的民警一起去搜山,这一天小青很安静,虽然它经过的地方所有毒家伙都纷纷逃窜,但就是没见着那条大蛇。

第三天,局长也来了,亲自督阵。中午大家在山上吃饭的时候,小青忽然在笼子里焦躁不安起来,七叔看了看局长,说有情况,随后就把小青从笼子里放了出来。小青绕着七叔转了几圈后,抬起头朝他吐了吐舌信,但就是不接近他。七叔从口袋里抓出一把通风莲,向它示意了一下,小青向七叔晃了晃脑袋,然后很快就消失在草丛中。

局长被七叔和小青的举动弄得莫名其妙,忙问七叔是什么意思。

　　七叔说:"它知道我今天带着蛇药,所以就告诉我拿出来备着。"说完,七叔也朝着小青消失的方向跑去。

　　七叔没跑多远,就被眼前的景象吓呆了,他活了一辈子,从来没见过那么大的蛇! 在一片低洼处,小青正和一条大蝮蛇对峙着。那条蝮蛇,足有一丈长,头也抬得比小青高,两只眼睛里放出绿幽幽的凶光,看了让人不寒而栗!

　　这时,小青开始围着大蛇不停地转游,它越游越快,越游越急,身下发出"沙沙"的声响。不一会,七叔就闻到一种怪味,让人感到头晕恶心。

　　在他后面赶来的局长也皱着眉头问:"这是什么味? 让人想吐!"

　　七叔说:"这是小青在布毒,它力量小,只能靠毒性赢大蝮蛇。我们离远一点,用湿布捂住鼻子。"

　　说话间就见小青往上一蹿,和大蛇缠绕在一起,在洼地上翻腾开了!

　　局长在旁一个劲地问七叔:"小青怎么样了? 能斗过那条蛇吗?"

　　七叔抹了把手心里的汗,说:"我也看不清楚,这味儿越来越浓了,你让其他人离远一点。"

　　又过了一会儿,两条蛇渐渐停了下来,七叔的心慢慢揪紧了,他顾不上局长的阻拦,嘴里含了通风莲,从别人手中拿过一把锄头就冲下了洼地。

　　七叔到了小青身边,见小青死死地咬住了大蛇的七寸,大蛇也咬住了小青的尾巴,大蛇已经一动不动了,而小青还在慢慢蠕动! 七叔心头一阵欢喜,但他知道如果不及时把小青体内的毒消除掉,那它也活不了,于是一锄头把大蛇的蛇头连着小青的半截尾巴锄了下来。小青痛得浑身颤动了一下,松开大蛇游到七叔身边。

　　七叔抱起小青,以最快的速度赶回家,烧了一壶热水,把家中以前研磨成粉末的通风莲全放了进去,让药性充分发挥,待水冷却后,七叔把小青泡在这水里。接连泡了四天,小青才渐渐能动。又过了两天,小青自己爬出了盆外;半个月后,它的伤口终于痊愈了,虽然没有了尾巴,但小青行动起来却更加迅疾,更增添了一股蛇王的霸气!

局长在小青痊愈后带着人又来了,对七叔说:"这次多亏有小青,局里本来想表彰你和小青,但因为它也是危险动物,所以不能大张旗鼓,还是我口头传达的好。"

末了,局长又问七叔:"以后你准备怎么安置小青?它越来越有霸气,呆在你家也不是长久之计,还是把它送到城里的动物园去吧。"

七叔看了看局长,说:"小青虽然是蛇王,但它讲蛇道,村里人根本就不怕它。咱乡里不出这种大蛇,我总觉得小青和那条大蝮蛇来得都有点邪气,说不定等乡里没有了那些毒家伙,小青就要走的。所以我说局长,你们就别操这个心了。"

局长说:"我相信它不会攻击人,但我们县正在发展旅游业,你想一想,有几个旅游者会相信眼镜蛇不伤人?知道小青的人太多,时间长了,旅游业肯定会受到影响,希望你能理解并配合我们的工作。"说完,他朝身后的干警努了努嘴。

就在这时,大伙儿只见眼前似乎一道黑影闪过,小青突然出现在局长面前,头抬起有一米高,怒视着他。局长吓得面如土色,像泥塑一样僵在那里,七叔连忙吹了一声口哨,小青这才不情愿地游回七叔身边。

七叔摸了摸小青的头,蹲下身子,过了很久,才说:"小青,我知道你不属于这里,这里也容不下你,你还是回你自己的家去吧!"

小青伸出舌信子,舔了舔七叔的脸,七叔忽然发现小青的眼睛里流出了眼泪,他心里一酸,眼泪也禁不住流了下来。小青绕着七叔转了几圈,然后眨眼之间就消失在了人们的视线之外,那么多人,谁也没看清它是怎么出的院子。

小青走后,七叔就病倒了,在床上躺了好几天。

这天,儿子小五来看他,告诉他这些日子有人发现几百条蛇成群结队往南迁移,让人百思不得其解。

七叔想了一下,说:"那里面肯定有小青,有它就好哇。"

小五给七叔倒了杯水,又说:"爸,你还不知道吧,在下河乡又发现了一条大蛇,比上次那条还大,已经连着咬死了两个人,现在整个下河乡都人心惶惶的。"

"是吗?"七叔浑身一震,随后苦笑了一下,说,"怪不得,怪不得小青走的时候流眼泪了。"

小五纳闷地问:"你说什么? 小青流眼泪? 蛇怎么会流眼泪,爸,你是病糊涂了吧?"

（彭晓风）

（题图：魏忠善）

蜂林奇缘

　　有个小伙子,拼命工作挣钱,结果累垮了身体,被老板辞退了。小伙子遍寻名医,钱花了不少,可是他用健康换来的钱却买不回健康了。

　　小伙子心灰意冷,干脆不看了,买了辆二手吉普,带上他心爱的数码相机和手提电脑,悲凉上路,打算浪迹江湖,死哪埋哪。

　　可是他想得太简单了,一路上加油、修车、过桥、罚款、吃饭、住宿……哪一样不得花钱哪,他那点钱哪禁得住坐吃山空。他听说卖照片挺赚钱,就拍了很多照片给各媒体寄去,可是他那吃惯方便面的眼睛已经没了灵性,哪能看见美啊,送出去的照片都石沉大海。没办法,他把手机、手表都卖了,住宿就在车上,吃饭能省就省,所以身体变得很虚弱,经常头晕,幸亏走的是乡间土路,人少车慢,才没出什么车祸。

这天,他开车经过一片枣林,这时正是麦黄四月,枣花盛开,空气里一股甜甜的枣花香,小伙子闻着挺舒服,就停车在枣林里呆了一会儿。等他再上车时,发现驾座上落了几只蜜蜂,已经死了,小伙子想到蜜蜂一生辛勤工作,就小心翼翼地把它们捧下来,埋在路边,恭恭敬敬鞠了三个躬,嘴里还感慨地说:"向伟大的劳动者致敬,你们死去有我埋葬,我死了不知谁葬呢!"

"我葬。"背后突然有个人说。小伙子转过身,只见是一个姑娘,戴着副橘黄色太阳镜,穿着黄底黑条裙子,站在他的吉普车旁,笑着说:"神神鬼鬼地搞什么呢?年纪轻轻什么死呀活的。你去不去前面镇上?我搭个便车去买点东西。"

小伙子虽然心情很不好,但还是让姑娘上了车。车开出去不到一公里,小伙子就发现情况不对,成千上万只蜜蜂飞来,趴在他车上,把前面的挡风玻璃都遮住了。小伙子嘀咕:"这是怎么回事?"姑娘说:"八成是你埋葬了它们的同胞,它们赶来向你道谢呢!"小伙子要下车答礼,被姑娘拽住了:"你不要命了?别看你这么瘦,要不了一分钟,它们就会让你'胖'起来!"

小伙子说:"那怎么办?"

姑娘说:"启动雨刷,接着开。你交好运了。"

小伙子苦笑着摇摇头,心说:自己一个垂死挣扎的人,就算捡十万块钱也就那么着了,还有什么好运可交?但他也不辩驳,启动雨刷,将车慢慢朝前开去,那些蜜蜂还是不走,都在车篷上聚着。

车到镇外,小伙子说:"你一个姑娘家,被蜂蜇到脸上可受不了。干脆你给我开个单子,要买什么,我帮你买来得了。"

姑娘一想也是,就说:"你这人还挺体贴,那好吧。"就"刷刷"开了张单子。小伙子接过单子一看,吓了一跳:"你准备开杂货铺啊,锅碗瓢盆马扎帐篷都要,嘿,还要个蜂箱。你要蜂箱干什么?"

姑娘指了指车顶,说:"这上面那么多蜂,那不是白拾的吗?我想弄个蜂箱养起来,不就有蜂蜜吃了?"

小伙子说:"你真能想象。可光有想象力也不行啊,你得拿钱。我倒想给你垫上,可是你买的东西太多了。"

姑娘说:"啊哟,我忘了带钱了。"忽然看到小伙子的手提电脑,举起来说:"这玩意儿挺值钱是吧?你把它卖了,不就有钱了?"

小伙子坚决地说:"那可不行。"

姑娘脸上闪过一丝黯然,但很快就过去了,说:"那你用衣服包着头,慢慢地开车门,这样蜜蜂就蛰不到你了。既然你也没多少钱,那就只买一只小锅、一副碗筷算了,蜂箱可是必须得买的。不过咱把话说在前头,也许你买完东西回来,我已经开车走出二十里地了,你的数码相机、手提电脑什么的,也就都是我的了,你不怕吗?"

小伙子刚出道,还真没想到有这可能。他犹豫了一下,说:"好吧。你既然提醒我,我就赌一把,要么多一个可信的朋友,要么多一个可贵的教训。"说罢,他脱下外衣,往头上一裹,就下车往前面的镇上走去。

等他顶着个蜂箱回来,他多了一个朋友。

姑娘从车里钻出来,没用衣服包头,蜜蜂顿时集满一身,吓了小伙子一大跳。可是也没听见姑娘叫痛,小伙子正奇怪呢,只见姑娘打开蜂箱看了看,满意地点了点头,用手指对着蜂箱弹了弹,满天的蜜蜂突然就争先恐后地钻进去了,把小伙子看得一愣一愣的。姑娘笑着说:"小意思,本人出身养蜂世家,这箱蜜蜂,就算是我的车费了。你是跟我实习两天,还是走你的路?"

小伙子立即回答:"当然是跟你了。"见姑娘一瞪眼,忙说,"我是说,当然是跟你学习养蜂啦!"

两人于是就又一块驱车回枣林。走着走着,姑娘发觉不对劲儿:怎么一会儿左拐、一会儿右拐的?再一看小伙子,脸色蜡黄,姑娘赶紧踩刹车,让车在路边停下,再看小伙子时,他已经昏过去了。

也不知过了多少时间,小伙子才慢慢恢复了知觉。他觉得嘴里酸酸的、辣辣的,好像有个人正搂着自己接吻,一睁眼,正和姑娘乌黑的瞳仁相对,姑娘的脸顿时臊得通红,一下跳起来跑了。小伙子爬起来追时,姑娘已跑得没了影子。

小伙子找了几圈没找着,就又回到刚才的地方。一看,正是上午来过的枣林,自己的吉普车停在路旁。一条又轻又软的睡袋铺在茸茸的青草上,余香犹存,旁边还撂着姑娘的太阳镜。小伙子就又躺下来,戴上姑娘的太阳镜,仔细咂摸刚才的滋味儿。

谁知他一戴上姑娘的太阳镜,眼前的景色好像都变了,青草味儿直透鼻孔,和风煦煦,蜜蜂"嗡嗡",阳光融融。小伙子闭上眼睛,一滴晶亮的泪珠从眼角悄然淌下:要早知人间还有这样的温馨和乐趣,我何至于让汽车、洋房这些东西蒙住自己的眼睛,把自己累成这样啊!

想起自己的身体,小伙子突然感到身上好像比以前轻松多了,他站起来活动活动,真的!腰也不疼了,头也不晕了,腿也有劲儿了。小伙子一高兴,围着枣林跑了两圈,感觉棒极了,可是却没见姑娘的影子,也没见她的蜂场,小伙子心里挺奇怪。

直到傍晚,姑娘才拿着一本书出现了,不过,走到枣林边上她就不走了。小伙子奔过去要拉她的手,姑娘说:"正经些!刚才我是为了救你的命才……才那个……"小伙子说:"救人救到底,你快救救我吧,我又快要死了——想你想的!"姑娘的脸又红了,但她没再推拒,扑进了小伙子的怀里。

两人正亲热呢,忽听后面有动静。回头一看,见是两个凶神恶煞的家伙,他们抖动着手中冰凉的匕首,喝道:"快,乖乖地把钱拿出来!"

　　小伙子说:"我们没钱。"那俩家伙冷笑道:"没钱? 没钱用得起这个?"说着举起手,晃了晃小伙子的手提电脑和数码相机,"你当我们是乡巴佬? 实话告诉你,我们刚从监狱逃出来,见过的世面多了!"说着就扑上来搜钱。小伙子心里直后悔:我上午把这两个劳什子玩意儿卖了就好了。俩坏蛋搜完小伙,没搜着什么,他们的眼光又转向姑娘,眼里射出淫邪的光。

　　小伙子身体不好,可是挺有血性,他看出情形不对,一咬牙,一个倒卧让开对方的匕首,同时来了一招"兔子蹬鹰",两脚踩在用匕首指着姑娘的那家伙肚子上,同时喊了一声:"快跑!"

　　一个家伙的匕首闪着寒光直奔小伙子后心来了,小伙子本想打个滚闪开,可是他的身子太弱,闪得太慢,眼见着匕首就要扎上了,这时那家伙突然一声惨叫,丢了匕首,用手捂着眼睛在地上直打滚。刹那间,小伙子听到耳后"嗡嗡"声大起,原来是姑娘上午收的那箱蜜蜂倾巢而出,直扑那俩家伙。

　　小伙子知道已经不用自己出手了,回头看姑娘,却见她神情委顿地躺在地上。小伙子大惊:"怎么,他们伤着你了?"

　　姑娘说:"不是,我用我的毒刺刺了那家伙的眼睛。事到如今,我也不必瞒你了,我不是人,我是蜂王,你能舍命救我,我死了也值了。我带来的那本书是养蜂秘诀,就在你的车上,我只求你照顾好我的孩子。"说完,她就化成了一只大蜜蜂。

　　小伙子把俩坏蛋送到当地派出所,回来收拾蜂箱。他有蜂王的养蜂秘诀在手,养蜂养得相当顺手;而且他戴上蜂王留下的眼镜看世界,视角大不一样,拍的照片用手提电脑发给媒体,大获成功;他自己因为长期服用蜂蜜蜂王浆,病也好了。他第一次吃蜂王浆的时候,发现味道酸酸的、辣辣的,正是蜂王和自己接吻的味道。

(张东兴)

(题图:黄全昌)

化蝶飞

阿芳和江小鱼谈上了朋友,两个人好得简直形影不离,可是阿芳把江小鱼带回家给父母一看,阿芳的父母却一点不喜欢这个准女婿,他们认为江小鱼不是女儿能托付终身的人,为此,阿芳和江小鱼很苦恼。正好他们有几个朋友要去附近一个著名景点旅游,为了散心解闷,两人便跟着一道去了。

这个季节,正是旅游的好时候,所以景点门口非常热闹,不但游客多,沿路两边还摆满了小摊。阿芳和江小鱼看到有一个摊位是专门卖纸蝴蝶的,那挂在壁上五光十色的蝴蝶,真是一只比一只漂亮,尤其是老太太头顶上正盘旋着的那一黄一红两只蝴蝶,更是把阿芳和江小鱼看呆了。

见他们两个人吃惊的样子,老太太将头顶上的两只蝴蝶收起来,递给他们说:"这是一对,要不要买回去?"两人接过一看,越发的爱不释手。原来,这一对蝴蝶不但做工精致,而且蝴蝶翅膀上画的,简直就像他们这一对儿:红蝴蝶翅膀上画着一个儒雅书生,黄蝴蝶翅膀上画的,则是一个窈窕女子。阿芳和江小鱼互相望了一眼,决定掏钱买下来。

老太太看着他们,突然问道:"你们两个,也是……一对儿吧?"江小鱼点点头。老太太叹了口气,说:"这两只蝴蝶就像梁山伯与祝英台,梁祝生死不渝,成了千古佳话。可惜现在能像他们一样痴情的人不多了。你们……你们这一对儿,大概婚事不太顺吧?"

突然被一个陌生人说穿了心事,阿芳和江小鱼都有些吃惊,两人异口同声地问:"你怎么知道?"老太太笑了:"我活了六十多岁,看过的人和事太多了!"她边说边接过江小鱼递来的钱,随后把红蝴蝶和黄蝴蝶的系线分别交到江小鱼和阿芳的手里,微笑着对两个年轻人说:"算你们来的是时候,这可是我这里最有意思的一对蝴蝶了,说不定你们买回去,它能让你们看到自己最想知道的东西。祝你们走运!"

阿芳和江小鱼谢过老太太,就手拉手离开了这个摊位。一路上,这一对黄蝴蝶和红蝴蝶一直在他们的头顶起舞盘旋,引得周围的游客纷纷驻足观望,尤其是那些过路的情侣们,更是羡慕不已。阿芳和江小鱼的几个朋友见状,就不停地拿他们两人开玩笑,说说笑笑中,两人的心情好了不少。

当晚,他们这一伙人在一处吊脚楼住下,阿芳和一个女伴住一间。一进屋,阿芳小心地解下脖子上的丝巾,将扎在上面的黄蝴蝶的系线牢牢地拴在窗棂上,只见黄蝴蝶在窗前迎风起舞,煞是好看。此刻,江小鱼也已经把那只红蝴蝶从衣领帽上解下来,绑在了床头架上,他躺在床上,看着床头翩翩起舞的红蝴蝶,听着从窗外传来的潺潺流水声,心里真是好不惬意。

可就在这时,江小鱼床头系着红蝴蝶的系线突然断了,红蝴蝶扑楞了两下翅膀竟然向窗外飞去。江小鱼大叫一声从床上跳起来,连忙追出门去,却与阿芳撞了个正着。只听阿芳也在大叫:"我的黄蝴蝶飞出去了,我去追它回来!"两人一对面,都惊讶极了:"敢情它们想一起飞啊?"来不及多说什么,两个人赶紧追了上去。

只见一黄一红两只蝴蝶在前面飞,穿过竹林,进入小道,阿芳和江小鱼拼命在后面追。可奇怪的是,追了一阵,突然两只蝴蝶不见了影儿,两个人往四处一看,不禁大吃一惊,周围尽是野草荒林,连路都没有了。

正惊异时,就见荒林中升起团团雾气,眨眼间,四周全让雾气给笼罩了,只有远处射来几束微弱的光线。这时,江小鱼和阿芳已弄不清东西南北,只得手拉着手,慢慢地沿着满是顽石藤蔓的小道向前走。走了一阵,终于看到前面有一座院子,两人正要敲门,门却"吱呀"一声自己开了,从里面伸出一个脑袋,两人一看,竟是那个卖纸蝴蝶的老太太。老太太吃惊地问:"你们到这儿来做什么?"江小鱼说:"我们买的那两只纸蝴蝶飞到这儿来了,我们是跟着找过来的。"老太太盯着他们嘿嘿一笑:"年轻人不说实话,纸做的蝴蝶,怎么能飞这么远?"

阿芳见老太太两只眼睛里射出冷峻的寒光,不由打了个颤,连忙拉了拉江小鱼,说:"我们还是回去吧!"老太太冷笑道:"既然来了,就进来坐一会儿。何况这么大的雾,你们也找不到回去的路!"说着,趁他们两人还在犹豫的当儿,猛一把就将他们拉进了屋。

屋里没有灯,只有桌子上点着一支蜡烛。借着昏暗的烛光,阿芳和江小鱼发现屋里有好多对蝴蝶在飞来飞去。老太太见他们盯着蝴蝶看,就说:"你们该不是又想买蝴蝶吧?可我有规矩,一对相好的,只能卖给他们一对,不多卖的。"

　　江小鱼看了老太太一眼，没有说话，其实他心里很奇怪：既然都是纸做的蝴蝶，为什么它们能像真蝴蝶一样会自由地飞来飞去呢？老太太看出了他的心思，诡异地朝他和阿芳笑了笑，说："你们一定想知道这些蝶儿为什么自己会飞吧？"她突然推开通向后院的房门，说："你们去看看就知道了。"

　　阿芳和江小鱼连忙跑过去看，这才发觉，走出门外几步就是陡壁悬崖。老太太在他们身后冷冷地说："我现在可以告诉你们，我那些蝴蝶哪里是纸做的，它们可都是有生命的啊，因为它们都是由人变过来的！"说罢，她突然用手一推，江小鱼没提防，身子往前一冲扑了出去。阿芳惊得大叫一声，急忙伸手去拉他，结果虽然拉住了江小鱼的手，但阿芳自己的身子也被拽了出去，只剩下一只手死死地攀在悬崖边上。

　　老太太冷笑道："就凭你这点力气，能拉住他？我看连你自己都得掉下去！"阿芳大叫道："就算是死，我们也要死在一起！""好，那我成全你们！"老太太恶狠狠地说了一句，然后走上去将阿芳的手一扳，阿芳和江小鱼顿时就一前一后坠下崖去。

　　江小鱼只觉得自己的身子在不断地往下掉，他恐慌极了，想哭，还没哭出声，突然又觉得身子一轻，竟慢慢地往上飞起来，他回头一看，自己背上竟然长出了一对红色的翅膀。这时候，他的耳边传来老太太的声音："恭喜你啊，你已经变成一只真正的蝴蝶，能自由地飞来飞去的真蝴蝶了！你现在知道我的那些蝴蝶是怎么来的了吧？"

　　江小鱼根本还没反应过来，这时他看到眼前突然出现了一只黄蝴蝶：啊，是阿芳！他认出这只黄蝴蝶是阿芳变成的。江小鱼想喊阿芳，却喊不出声来，只觉得脚下一动，低头看，发现不知什么时候自己的脚上已经被系上了一根线绳。只听老太太"嘿嘿"一笑，说："没想到现在还真有愿意两个人一起死的痴情人！你们现在已经和古时候的梁祝一样了，还有什么不满足的？"说着,她将手里的系绳一收,将阿芳和江小鱼这一对蝴蝶收进了屋,把系线绑在一根柱子上,随后得意地到院子里去了。

江小鱼伤心得泪流满面,他知道,再过几天,他们一定会被老太太当纸蝴蝶卖给别人。他想带着阿芳飞走,可是被系线牵着,根本就飞不远。焦急之中,江小鱼的眼光落在桌上正点燃着的蜡烛上,心里顿时有了主意,他小心地绕着蜡烛飞起来,故意让系着自己身子的线绳去碰触火苗。果然,"呼"地一下线绳被火苗烧断了,他自由了!江小鱼大喜,立即飞过去拉阿芳,想用同样的办法让阿芳也获得自由。不料因为心里着急,动作太快,阿芳的翅膀不小心碰到了火苗,慌乱中阿芳竟将整个身子撞在了蜡烛上,蜡烛被撞立刻倒下来,"骨碌碌"滚到了地上,随即一个火苗蹿起,没多会儿小屋里就火光冲天,那些满屋子飞来飞去的蝴蝶被烧得"吱吱"惨叫。

江小鱼没想到会出现这样的结果,他望了一眼门外,现在马上飞出去,还有逃生的希望。可是,奄奄一息的阿芳正瞪着一双求助的眼睛在看着他,江小鱼犹豫了:阿芳现在已经不能自己飞了,如果背上她一起走,肯定影响飞的速度,逃出去来得及吗?就在他犹豫的这一刻,一阵浓烟过来,将他们两人隔开了,江小鱼于是来不及再细想,转身就朝屋外冲去。他刚一出屋,屋子很快就被熊熊烈焰包围了。

大火越烧越旺,热浪不断地冲过来,江小鱼拼命扇着翅膀往前面的树林里飞。飞着飞着,突然一根树枝弹过来,他躲闪不及,被击倒在地上,顿时只觉得双膝被撞得生疼,再一看,他惊呆了:自己哪里是什么蝴蝶,就是一个本来的自己啊!

他站起身来,四下里张望,发现自己正站在吊脚楼前的一片竹林子里。他喊了几声"阿芳",就听不远处传来阿芳的应声,江小鱼刚要循声过去,就见阿芳手里拿着一红一黄两只蝴蝶走了过来。江小鱼惊讶地问:"这是怎么回事?我们……我们不是和朋友一起出来旅游,住在吊脚楼的吗?难道我……刚才做了一个梦?"阿芳摇摇头说:"我也不知道啊,我只记得身边有好大好大的火,后来突然没有了,然后就听到你在喊我,又一抬头,看到这两只蝴蝶挂在树上,我就把它们拿过来了。"

两人都没搞清到底是怎么回事,他们一边说着话,一边就沿原路回到吊脚楼。朋友笑他们两个人出去说悄悄话了,阿芳没吱声,低着头躲进了她和女伴住的房里。

第二天,两人起来一看,发现系在各自房间里的那两只蝴蝶已经飞不起来了……后来游完景点回来,又经过那个卖纸蝴蝶的摊位时,他们发现老太太换了一个小姑娘。两人不由上前打听,小姑娘说老太太一大早给人看病去了;这里的人都知道,老太太不仅能给人治病,还会一手催眠术呢!

就是从这次旅游回来,江小鱼发觉阿芳对他冷淡了不少,两人最后终于分了手。江小鱼没有去问阿芳提出分手的原因,因为他心里清楚,正是那个神秘的老太太,已经让他们彼此看到了对方的心。阿芳在危难之时愿意和他一起去死,但他在生死关头却选择了独自逃生。阿芳这样的好姑娘,江小鱼知道自己配不上。

(刘自忠)

(题图:谢　颖)

「老黑」回家

　　纪开乐是个老实巴交的农民。一天晚上,他给自己的责任田灌水,忙到半夜才回来,回家时,他发现路上有个黑糊糊的东西,用手电筒一照,原来是一只老大的鳖,大概是被什么东西撞了个仰面朝天,正在原地打转,怎么也翻不过身来。

　　纪开乐将它捧在手里一掂分量,沉甸甸的,足有八九斤重,他出世以来还没见过这么大的鳖,心想:这野生鳖拿到市场上,起码可卖五六百块钱,就是不卖,拿回家去炖起来,一家人也可美美地吃上几顿,好好补补身子。于是,他喜滋滋地抱着鳖回了家。

　　纪开乐将鳖放在一只大脚盆里,横看竖看,总觉得这只鳖不能吃,也不能卖:这么大的鳖,少说也得一百多年才能长成。一百多年,不成精了吗? 他这么一想之后,便又抱起它来到河边,对着鳖说:"走,你自己谋生去吧!"说完,将鳖放进了河里。

谁知第二天清早,纪开乐起来一看,嗨,那只放了生的鳖在床前趴着,还伸长脖子向他打招呼呢! 这下纪开乐真的乐了,忙叫老婆、儿子来看新鲜。大家都说这只鳖非同一般,一致决定将它养起来,并给它起了个名字叫"老黑"。

过了一年,纪开乐从老黑身上摸透了鳖的生活习性,又觉得老黑孤孤单单太寂寞,于是便建了几个大池,买了一批鳖苗,办了个养鳖场,起名就叫"老黑甲鱼养殖场"。纪开乐精心喂养,养鳖场愈办愈好,名声也越来越大。

常言道"人怕出名猪怕壮",这养鳖场一出名,麻烦事也就跟着来了,别的不说,光镇上的干部就够难应付的了:他们来参观访问,来调查研究,每次都是那句话:"老纪,好好干,无限风光在眼前。"纪开乐当然不能让他们白跑一趟,只得每人一只鳖"意思意思"。结果,今天"意思意思",明天又"意思意思",后天还要"意思意思",长年累月的,谁"意思"得起?

让纪开乐犯愁的还不止这些! 那天一大早,来了辆汽车,从车上下来一位镇里的干部,对纪开乐说:"明天是白镇长他娘七十岁的生日,全体镇干部商量决定,每人送两只鳖,到时候让镇长为他娘摆一回百鳖宴,图个吉利。所以,我来向你买 108 只甲鱼,最好一般大,每只一公斤上下。"

纪开乐哪敢怠慢,连忙发动全家捉鳖,花了九牛二虎之力,总算凑足了 108 只,一过秤,总共 116 公斤。那乡干部"刷刷刷"写了张条子,递给纪开乐说:"条子放好,以后一起结账。"说完,跳上汽车,扬长而去。

纪开乐的 108 只鳖换了一张白条,心里有说不出的滋味,他正在叹息,镇政府的秘书又来了。此人姓华,一肚子坏水,可又是白镇长的红人,他一进门就说:"老纪呀,你那 108 只王八倒是只只都好,但是白镇长他娘七十大寿,没有一只大王八可撑不住门面,所以我特地赶来……"

纪开乐忙说:"华秘书,如今的甲鱼能长一公斤就算不错了,我这里可没有再大的了。"华秘书笑笑:"你别打埋伏,我知道你这里有只五公斤重的大王八,怎么说没有呢?"

纪开乐急了:"那可动不得,它是鳖祖宗,都一百多岁了,绝对不能伤害它。""什么一百多岁,一千多岁也只是王八,给镇长的老娘做寿,那是它的福气!你如果下不了手,我代你去捉!"华秘书说着,拎起编织袋便往养鳖场里跑。

那老黑也真是晦气,此刻它正从池里爬上来,在岸上晒太阳,被华秘书撞个正着。华秘书不费吹灰之力,便将老鳖装进了编织袋,等纪开乐赶到,华秘书已上了汽车,连白条都没打,就将老黑拿走了。

纪开乐拔脚就追,可他哪里追得上汽车,等追到公路上,汽车早已跑得无影无踪,纪开乐伤心得一跺脚,便坐在地上大哭起来。

正哭得伤心,纪开乐的儿子来了,一见这情景就问:"爹,这是怎么啦?"

纪开乐把事情原原本本告诉了儿子,儿子一听暴跳如雷:"他妈的,无法无天啦?我找他们去,如果他们不把老黑还给我们,我就跟他们拼了!"纪开乐连忙拉住儿子说:"儿呀,咱们鸡蛋碰不过石头,你千万不可乱来,我已经没了老黑,不能再没有你呀!"

儿子想了想,说:"那这样吧,你把白条给我,我去县里告他们,县里告不准就去市里、省里,我就不信共产党会不管这些贪官污吏!"

纪开乐听儿子这么一说,觉得是个办法,便掏出白条给了儿子,嘱咐说:"早去早回,有事打电话回来。"他送走了儿子,便回到家里,心神不定地等儿子回来。可他等啊等,一直等到半夜,也不见儿子的踪影,连个电话也没有。

纪开乐坐立不安，无法入睡，便想到养鳖池边去看看。他出门一望，只见前面路上有一长串黑糊糊的东西，正缓缓地朝着养鳖池方向移动，打开手电筒一照，他愣住了，原来是许许多多的鳖，排着队在向前爬行，领头的正是那只大鳖老黑！

老黑到池边停住了，昂起头来，指挥着其他的鳖往池里跳。"扑通"一只，"扑通"两只……纪开乐一只一只地数，数到最后正好是 108 只。纪开乐真是乐开了，一把抱起老黑说："伙计，你辛苦啦，你帮了我这么大的忙，叫我怎么感谢你才是呢？我的老伙计！"

第二天，传出一条新闻，说是白镇长为他母亲做七十大寿所准备的 109 只鳖，一夜之间全都不翼而飞了，而镇长家的大门、后门、窗户都完好无损，装鳖的水泥池又深又陡，上面还加了盖，这么多鳖又是怎么"飞"走的呢？

于是老百姓们纷纷猜测，有的说是被神偷偷走的，有的说是老天看不顺眼，派了天兵天将把鳖收走了。什么"百鳖宴"，叫你连鳖屁都闻不到！

鳖的传说正沸沸扬扬，不料县里派来了调查组，没多久，白镇长就被叫到县里交代问题去了。

从此，纪开乐家那只老黑名声大噪，被人们称为"神鳖"，前来参观的人络绎不绝……

（凌可新）

（题图：黄全昌）

冲动是魔鬼

丁大壮老和人吵架,没想这次吵着吵着竟吵出了大祸,冲动之下一刀把人家给捅伤了,最终被判了刑。

丁大壮今年已经 32 岁了,这么一判刑,这辈子还能有啥指望?他在监狱里想到这一层,就忍不住哭。唉,都怪自己这火药脾气!他用手擦了擦眼泪,这时候,怪事出现了。你猜怎么着?居然有一只蟑螂站在他面前,全神贯注地望着他。

哼,连你都爱瞧我的洋相不是?看我不踩扁了你!丁大壮抬脚就朝蟑螂踩去。那蟑螂见势不妙,掉头就逃,一面逃一面叫:"大壮,不要杀我啊!"

丁大壮的脚在半空停住了:"你这是什么话?你怎么听得懂我说的话?"

蟑螂回答说:"我也不知道啊,我一直都是这样说话的啊!"

丁大壮收回脚,蹲下身,对蟑螂说:"看样子咱俩有缘分。唉,我关在这里挺寂寞,我们交个朋友怎么样?"

"好呀!"蟑螂乐呵呵地张着它那两根触须说,"我们要做就做最好的朋友!对了,我叫你大壮,那以后你就叫我小强好了,我们合起来就是强壮的意思啦!"

蟑螂说着话的当儿,就挺热乎地爬上了丁大壮的手心,兴奋得又想唱又想跳,可是他发现丁大壮的神情突然黯淡下去,就问:"大壮,你怎么啦?"

原来,丁大壮以前有一个活泼可爱的儿子,名字就叫小强,但因为丁大壮性格鲁莽,在外面老是惹是生非,得罪的人太多,终于有一天,儿子小强被丁大壮的一个仇家残忍地害死了,他的妻子菊花也因此绝望地离开了他。

蟑螂没想到自己一不小心惹丁大壮伤心了,不知道怎么安慰他好,它怯怯地要从丁大壮的手心里跳下来。

丁大壮一把按住它,说:"别走,我没想到今天会交上你这么个和我儿子一样名字的朋友,这是老天给我的啊!太好了,我以后不会再伤心了,我就叫你小强,我们好好过日子!来,刚才你不是想跳舞吗,我来教你……"

就从那一刻起,蟑螂小强充当起了丁大壮的朋友和儿子的角色,天天陪他聊天解闷,而丁大壮就教它跳舞、唱歌,还教它翻各种各样的跟头,做各种有趣的动作。丁大壮渐渐感到自己的精神状态和以前不一样了,他决心听从小强的劝告,积极改造,争取早日出狱,重新做一个正直守法的人。

丁大壮说到做到,在往后的日子里,他处处表现突出,先后多次被评为改造积极分子。

这天晚上,丁大壮睡得正香,忽然觉得鼻孔里痒痒的,睁开眼睛一看,原来是小强在挠他。小强附着他的耳朵悄声道:"大壮,快起来,那边有人要越狱,你立功的机会来了!"

"真的?"丁大壮赶紧一骨碌爬起来,把这事报告给狱警。

狱警半信半疑,过去一看,果然逮到两名正企图越狱的犯人。丁大壮因此立了一大功,监狱一次性给了他减刑三年的奖励。

从此,丁大壮积极性大增,后来又多次立功,多次得到减刑奖励,最后终于获释了。

出狱那天,丁大壮决意要把小强带走,他说:"小强,我能这么快出去,多亏了你啊!"

小强笑呵呵地说:"大壮,咱们之间还用多说什么客气话?不过,你要今后不再踏进监狱这扇门,就一定不能再像从前一样爱冲动了,要不,我可就帮不了你啦!"

丁大壮一个劲儿地点头发誓:"我知道,我知道,冲动是魔鬼,我算是尝到苦头了。以后,我遇事一定让人三分。"

但丁大壮毕竟是从监狱里出来的,他再怎么注意自己的行为,也还是碰到了新问题:几个月下来,找不到一份可以糊口的工作。

小强安慰他说:"大壮,我们不如上街卖艺去,你不是教过我很多招吗?"它硬是拉着丁大壮上街。

没料这一招还挺火,大伙儿看到小强有模有样的表演,惊奇得不得了,围着看了一场又一场,丁大壮的"糊口"问题也因此而缓解了。

这天,小强正表演得起劲的时候,突然有声音嚷嚷起来:"不要演了,不要演了!"原来是以前和丁大壮一起的几个小混混来了。为首的对丁大壮说:"丁哥,你怎么搞得跟要饭似的? 小弟我特地摆了桌酒席为你接风,走!"

丁大壮一听,赶紧朝他摆手:"你们走吧,我只想老老实实过日子……"

为首的再三邀请，丁大壮硬是不肯去，那帮人最终火了，走上来一脚把小强踢得老远，然后揪住丁大壮的衣领子说："没想你成软骨头了，十足一个孬种！"

丁大壮一听他们骂他孬种，心里的火气"腾"的就蹿了上来："你们想怎么样？"

"怎么样？"对方叉着两条腿冷笑着站在他面前，"嘿嘿，你要承认是孬种，那就从我们胯下爬过去，我们立马走人！"

丁大壮气得手里的拳头捏得"咯咯"响，他真想冲上去揍扁了这帮家伙，可是一个声音在他耳边响起来，他一看，小强不知什么时候跑到他身边来了，着急地提醒他："大壮，冲动不得呀！"

丁大壮猛一惊，头脑立刻清醒过来，憋红着脸，松开了拳头，带着小强扭头就走，任凭那伙人在背后怎么嘲笑他，也不搭理。

丁大壮的变化大家都看在眼里，终于有一家卖桶装水的店老板主动表示要雇用他，丁大壮十分感激，从此每天骑着单车走街串巷给客户送水，干得十分卖力。

这天，丁大壮送完水回到家，天都黑尽了，他累得连饭都没吃，往床上一躺，倒头就睡。小强又来挠他，硬把他弄醒了说："快去看看，外头有个女人，老往这边瞅呢！"

丁大壮觉得奇怪：这会是谁呢？爬起来凑近窗户一瞧，要紧迎出门去。原来，这个女人就是曾经绝望地离他而去的妻子菊花。

"你……"丁大壮没想到菊花会来看自己，激动得结结巴巴都不知道说什么好了。

菊花红着脸望了丁大壮一眼，低下头说："那天在街上他们一伙惹你的事，我都看到了，你……你只要改了就好……"说罢，就要走。

丁大壮连忙拦住她，恳切地说："菊花，既然来了，就进去坐一会吧，你难道不想知道，是谁让我这么快改变的吗……"

丁大壮把小强介绍给菊花，菊花和小强也成了朋友，他们三"口"就成了一个家。后来菊花有了身孕，把丁大壮乐得做梦都笑醒。

眼看着菊花就要生了，这天丁大壮一高兴，就忍不住带着小强到饭店去喝小酒。

正喝得兴起时，老板发现了小强，二话不说对准小强就猛踩一脚。老板以为丁大壮是要借蟑螂来赖他的酒钱，冷笑道："老兄，你这办法老土了哇，这种把戏我领教多了，想在我这儿撒野？你走错门了！"

眼看着小强奄奄一息的样子，丁大壮怒不可遏，操起长凳就要朝老板甩过去，只听小强在拼命叫他："大壮，大壮……"

丁大壮扔掉板凳蹲下身，将小强捧在手里，失声痛哭道："小强，你不能死啊，小强……"

丁大壮的举动引来哄堂大笑，老板讥讽他说："这蟑螂是你爹啊？"

丁大壮"呼"的一声站起来，他真想和老板拼个你死我活，可小强微弱的声音此刻在他耳朵里显得那么清晰："大壮，你不能……不能冲动啊，魔鬼……别忘了，魔……"它话没说完，两根触须一耷拉，就没了声息。

丁大壮悲痛欲绝……

这时，从外面风风火火闯进来一个人，是丁大壮的邻居宋婶。宋婶气喘吁吁地朝丁大壮嚷道："大壮啊，快回去看看吧，菊花生了，就刚才，生了个大胖小子哩！"

"小强——"丁大壮大叫一声，冲出了饭馆……

（聂志红）

（**题图**：安玉民）

蝴蝶刺青

何劲 17 岁那年，因一时兴起，在左臂上刺了一只蝴蝶，振翅欲飞的样子，栩栩如生，他非常喜欢。

如今，何劲音乐学院毕业，要到艺术学校去当老师了，手臂上有块刺青，他总觉得不太好，于是到医院请医生帮忙，想把刺青除掉。可让何劲郁闷的是，他跑了一家又一家医院，找了一个又一个医生，这块刺青就是除不掉，真是奇怪。没办法，哪怕是再热的天，何劲也只得穿长袖衣裳，将手臂上的刺青捂得严严实实。

这天早晨，何劲刚醒来，觉得左臂有些痒，一捋衣袖，天啊！那块蝴蝶刺青变成了一只真蝴蝶，正扑腾着翅膀要飞起来呢！怎么会这样？何劲又惊又怕，正想伸手抓住它，谁知它一挣扎就不动了,立刻又变成了一块刺青。

何劲吃不准是怎么回事,看了半天也没见再有任何动静,他以为刚才是自己看花了眼,于是匆匆穿衣起床,吃了早饭便去医院,看望住院的老同学马银声。

半路上经过一家花店,何劲进去给老同学挑了一束鲜花,这时候忽然又觉得左臂上一阵痒,紧接着就见一只蝴蝶钻出他的衣袖,扇动着翅膀飞入了店堂里的花丛中。何劲大惊,撸起袖子一看,手臂上原来那块刺青不见了,只留下蝴蝶形的疤痕。这么说,早上不是自己眼花,而是这块刺青真的要变成蝴蝶飞起来?这么一想,何劲反而舒了口气:也好,这样还省了自己找医生呢。于是他挑好花,付了钱,就走出了花店。

谁知何劲前脚走,那刺青化成的蝴蝶后脚就紧紧地跟了出来,不停地在他手里捧着的花束上盘旋。这刺青蝴蝶毕竟是和自己一起长大的呀,何劲舍不得赶它走,它愿意跟就让它跟着吧,以后自己当宠物养在家里也挺好啊!于是,何劲便让这刺青蝴蝶随自己一起去医院。

进了马银声的病房,何劲把花插在他床头柜的花瓶里,随后两个人便聊起天来。马银声是一家唱片公司的副总,他很赏识何劲的音乐才能,一直想把何劲拉到自己旗下,专门给和公司签约的歌手作曲写歌,所以今天看到何劲来,自然又是一番劝说。可是何劲对音乐有自己的理解,要他去做那些流行歌曲,他没兴趣。

马银声看出了何劲的心思,摇头笑道:"怎么?你还想当大音乐家?别傻了,那多不现实啊!还不如和我一起干,我保证你以后的收入要比你现在当老师强几倍。"片刻,他看看何劲还是无动于衷,想了想,又说:"要不这样,你回去把你自己以前的作品整理整理,挑出一些来,全部用钢琴独奏,到时候我听一听,如果可以,我先给你录音做一张专辑……""做专辑?这可是你说的哟！行！"何劲立刻来了精神，一个劲地点头。

　　和马银声告别的时候，停在花束上的蝴蝶很懂事地飞到何劲的肩上，马银声这才注意到这个小东西，他问何劲："这蝴蝶是从哪飞来的？"何劲说："是我养的宠物。"马银声一脸诧异："拿蝴蝶当宠物？你这家伙真怪，养个宠物也这么怪。"何劲得意地点点头，带着蝴蝶离开了医院。

　　很快，何劲就整理出七首钢琴曲，弹给马银声一听，马银声当即拍板，但说光这七首数量不够，起码还得再创作五首。"没问题！"何劲劲头十足地表示，不需要很多时候，立刻就补上。

　　接下来，何劲就忙乎开了，白天上课，晚上作曲。奇怪的是那只刺青蝴蝶，似乎什么都懂，早上何劲起不了床，它就飞到何劲的鼻子上扑腾个不停，何劲耐不住痒痒，只得起来；到了晚上，何劲弹琴搞创作，蝴蝶就静静地落在他的肩头，似乎全神贯注在倾听，有时甚至还会跟随乐曲的节奏翩翩起舞。有这么神奇的蝴蝶陪伴，何劲灵感不断。

　　这天晚上，何劲下了班刚走到自家楼下，就听见一阵悦耳的钢琴声，优美的旋律，犹如天籁之音。他怔住了，从小到大他不知听过多少古今中外的名曲，怎么这一首这么陌生？弹琴的人是谁？何劲太想认识他了！他正准备循着声音去找，琴声突然断了。何劲又等了一会，还是没有声音，这才上楼回家。

　　谁想他打开门，刚才听到的天籁之音又响了起来，何劲惊讶万分，冲进客厅，眼前的一幕让他惊呆了：只见那只刺青蝴蝶正在琴键上又蹦又跳，来回穿梭飞舞，忙个不停。原来是蝴蝶在弹琴，简直不可思议！蝴蝶一看是何劲回来了，它亲昵地飞过来，蹭了蹭何劲的脸颊，落在他的肩上。

　　抚着这只通灵性的蝴蝶，何劲心里激动万分，他在琴凳上坐下来，凭着记忆，开始弹奏刚才蝴蝶弹的那首曲子。他边回忆边弹奏，弹得很慢，这时蝴蝶从他的肩上飞下来，轻轻地落到琴键上,照旋律点着琴键位置,示意给何劲看,何劲一点即通,很快就将整首曲子弹了出来。

就用这样的方法,马银声让何劲再创作的五首曲子,不到一个星期何劲就全部完成了,而且每一首都美妙绝伦,不同凡响。马银声听过之后赞不绝口:"此曲只应天上有!阿劲啊,我真是服了你了!"何劲连连摇手:"不是我,不是我,要说真正的创作者,是它!"何劲指指自己肩上的刺青蝴蝶,"你可别小看它,它的音乐才能我们都没法比啊!"

马银声眼睛瞪得跟灯泡似的:"它……不会吧?你别开玩笑了!"何劲见马银声不信,就把前前后后的事情说了一遍,末了还说:"你出唱片,最后一定要注明,后五首的曲作者是蝴蝶。"马银声的脑袋摇得像拨浪鼓:"这不行!你也不想想,蝴蝶会作曲,说出去谁信?人家还以为我们是故意摆噱头炒作呢!搞不好,本来好卖的东西反而卖不出去了。"

"那怎么办?"何劲一时没了主意。马银声哈哈大笑道:"什么'怎么办'?你也别太死板了,你就是这张专辑的作曲和演奏者,没蝴蝶什么事。它不是你养的吗?那它的一切就都是你的,你就别想那么多了。"何劲想不出更好的办法,只得同意,但他提出,要将专辑取名为《蝴蝶与我》,马银声觉得这提议不错,立刻点头。

《蝴蝶与我》这张专辑很快录制完毕,经过一番广告宣传之后就上市了。专辑卖得很火,何劲也一夜成名,各大媒体称他为"钢琴王子"、"音乐奇才",更有多家演出经纪公司约请他举办个人演奏会,马银声一看这情势,决定趁热打铁,要求何劲尽快再推出第二张专辑。一时间,何劲忙得晕头转向,他四处应酬,很少有时间再和蝴蝶在一起,于是就请了个保姆专门照料蝴蝶,这样还是应付不过来,最后把音乐老师的工作也辞掉了。

开个人演奏会是何劲多年的梦想,现在终于有了机会,何劲很兴奋,他和一家演出公司签了约,计划要在几个大城市巡回演奏。临行前,何劲在钢琴上安置了一套先进的录音设备,让保姆学会操作,以便录下蝴蝶的创作,并嘱咐保姆,不要打搅蝴蝶弹琴,每天必须去花店买些鲜花回来,插在钢琴边的花瓶里,供蝴蝶玩耍休息。

蝴蝶似乎察觉到何劲要外出,依依不舍地绕着何劲飞了一圈又一圈,何劲也舍不得离开它,可是总不能带着它到处跑啊,况且蝴蝶现在的主要任务是要抓紧时间创作,何劲只得让保姆拿鲜花来逗蝴蝶玩,才趁机脱身。

巡回演奏会历时一个多月,何劲所到之处,无不受到乐迷们的热情欢迎。这天,何劲正要奔赴最后一个演出城市,突然接到马银声的电话,说要借用蝴蝶几天,帮一位和公司签约的当红女歌手创作一首通俗歌曲。何劲极不情愿将蝴蝶借出去,可对老同学又不好意思拒绝,无奈之下只好答应。

演奏会一结束,何劲立即赶回家,一进屋就问保姆蝴蝶送回来了没有,保姆摇摇头,何劲立即拨马银声的电话。只听马银声在电话里支支吾吾地对何劲说:"蝴蝶……蝴蝶飞……飞走了,实在对……对不起!"一听蝴蝶飞走了,何劲犹如当头挨了一棒。

其实,马银声是在说谎。

那个女歌手是马银声的情人,当她听说蝴蝶有惊人的音乐才能后,就想让蝴蝶给她作曲,马银声于是就从何劲保姆那里取来蝴蝶,然后领着女歌手直奔两人的秘密别墅。

那天,他们将别墅的门窗关得严严实实,因为天冷,壁炉里还燃着炭火,马银声打开音响,放了一首平时女歌手唱响的歌,想让蝴蝶感受一下,为接下来的作曲作准备。哪知蝴蝶一听到歌声,就紧张得"扑腾、扑腾"满屋子乱飞,根本没有往琴键上落的意思。女歌手朝马银声白了一眼,撅嘴说:"你哄我,明明一只臭蝴蝶,还说会作什么曲子!"马银声急了,为了给情人献殷勤,他关掉音响,抓起桌上花瓶里的一束花就去引蝴蝶,但是没用,蝴蝶根本不理睬他,见他过来就躲。

这下马银声火了:"哼,小东西,不信我收拾不了你。"他边骂边追过去扑打,蝴蝶拼命躲闪,就这样折腾了半天,蝴蝶飞不动了,马银声也累得一屁股坐在沙发上,瞪着蝴蝶直喘气。蝴蝶见马银声停止了追扑,就落到花瓶旁休息,谁知这时马银声突然跳起来,向蝴蝶扑了过去,蝴蝶没防着马银声会搞突然袭击,它一个反身跃起,一头冲向壁炉,掉进了熊熊的炉火之中。

蝴蝶没了,何劲伤心至极,他推掉所有的应酬,在家里反复弹奏自己出去巡演时蝴蝶在家里创作的三首曲子,这些都是靠录音设备录下来的,每一曲曲子都凄美忧伤,仿佛是蝴蝶在向自己诉说痛苦的离别之情。

何劲整日整夜地弹,弹着弹着,他趴在钢琴上睡着了,迷迷糊糊之中,他觉得自己的左臂又微微痒了起来,用手一挠,触摸到一个毛茸茸的东西,他一下惊醒过来,定睛一看,原先那块蝴蝶形的疤上,又"长"出了一只新蝴蝶,振翅欲飞,栩栩如生,简直和以前的那只一模一样!

何劲欣喜若狂,眼泪"刷刷"流了下来……

（余　军）

（题图:黄全昌）

别轧着我的兔子

　　贺大伟是个货车司机,这天他帮人拉完货回城,半道上,一个年轻人站在路边向他招手,要求搭车,贺大伟便让他上了车。谁知等车进了城,那人下车后,贺大伟突然发现他坐过的座位上有个小包,打开一看,里面是一个心形首饰盒,用那种半透明的花纸封得严严实实的,包里还有一张印着"路明"的名片。

　　贺大伟想:这么包装的首饰盒,里面一定不是戒指就是项链,丢了这么贵重的东西,这个叫路明的人一定很着急。于是他连家也没回,当即按名片上的地址找到了这个路明,把小包还给他。

　　谁知路明拿到失物,并没有像通常人那么激动,他只是淡淡地向贺大伟说了声"谢谢",随后拿出首饰盒细看了一阵,问贺大伟:"你知道这里面是什么吗?"贺大伟摇摇头说:"不知道。"路明哈哈一笑,将半透明的包装纸撕了,将首饰盒打了开来,谁知里面竟然空无一物。

贺大伟惊呆了! 没等他反应过来,就听路明对他说:"你是一个正直的人,我有一趟货,你去帮我拉吧。我试了好几个司机,只有你把这盒子送回来,虽然我不能证实他们就一定不诚实,但起码我对你放心了!"

没想到拉一趟货,居然还要这样挖空心思考验别人,难道拉的是金银珠宝?

路明看出了贺大伟眼中的疑虑,解释说:"我这车货虽然算不上有多贵重,但一来我不能跟车过去,二来我也不想它出什么意外,路上要好几天呢,所以必须挑选放心的人。"贺大伟一听,嘴上没说什么,心里却暗暗好笑:这人也太小心过度了。平时拉货,没有货主押车是常有的事,不讲职业道德的司机毕竟是少数啊!

路明见贺大伟满不在乎的样子,就说:"不是我信不过别人,但那条路不同,心存歹念的人不一定能将货送到呢!"贺大伟听不懂路明这话是什么意思,但他发现,路明说这话的时候,脸上的表情有点奇怪。既然对方相信自己,贺大伟也就不多说什么了,很爽快地把拉货单子接了下来。

临行前,路明反复给贺大伟交代送货地址,一再叮嘱他路上多加小心。就这样,贺大伟开着货车上了路。

两天之后,按着路明指定的路线,贺大伟把车子开进了深山。眼看山路越来越险,一边是峭壁,一边是深渊,贺大伟开了一段就觉得头有些昏昏沉沉的,两只耳朵"嗡嗡"直响,他丝毫不敢分神,小心翼翼地握紧了方向盘。

就在这时候,突然前面"啊——"传来一个女子的惊叫声,贺大伟吓了一跳,赶紧放慢车速,就看到山崖旁突然蹿出一个二十来岁的姑娘,朝他跑来,一边跑一边向他招手,贺大伟立即将车停了下来。

那姑娘急慌慌地跑上来喊道:"大哥,救救我!"贺大伟忙问发生了什么事,姑娘说:"后面有人在追我。"贺大伟跳下车一看,只见前面山崖旁果然跳出两个男的来。姑娘叫道:"就是他们!"

那两人猛然看到贺大伟,先是一怔,接着就恶狠狠地说:"你最好别管我们闲事,要不就有你受的!"一边说一边就朝姑娘扑来,那姑娘吓得赶紧朝贺大伟身后躲。

贺大伟不禁大怒,顺手从驾驶座下抽出一根铁棍,朝那两个家伙喝道:"你们要敢动她,别怪我不客气!"这两个男人一点不经吓,一看贺大伟怒气冲天的样子,吓得转身就跑,贺大伟紧追了几步,谁知他们逃过山崖,一闪就不见了影。

姑娘走过来,对贺大伟说:"大哥,你能不能送我一程?"贺大伟怕她再遭那俩家伙欺负,就点了点头,于是姑娘上了车。

车子在曲曲弯弯的山路上转了一个弯又一个弯,开了好一会儿,那俩家伙再没出现,贺大伟提着的心放了下来,便问姑娘为什么一个人到这荒山野岭来,那两个男子到底和她有没有关系。姑娘告诉贺大伟,她家就住在山下,那两个男子是这一带人,平时就这德性,见了女人就爱欺。

正说着,姑娘突然喊起来:"开慢点,别轧了我的兔子。"贺大伟抬眼一看,果然看到前面路上蹿出几只兔子,他摁了摁喇叭,可这些兔子根本不怕,活蹦乱跳地在路上蹿来蹿去,贺大伟只好放慢车速,问姑娘道:"你怎么在这荒山上养兔子?"姑娘回答他说:"我养的兔子整天都在山上跑,和野兔没什么两样,人们喜欢吃,能卖好价钱哩!"

这一路上的兔子可真多,贺大伟怕轧了它们,就将车速放到最慢档。姑娘见了笑道:"大哥,你真是个好人,以前我也碰到过一些司机,我搭他们的车,他们就使坏,尽想在这荒山野岭里欺负人。"贺大伟一听，不由笑了，这姑娘真是口无遮拦，淳朴得可爱。

一段路开下来，贺大伟才发觉，这山路比他想象的要险得多，十来里路，他开了差不多一个小时。一直开到天快黑的时候，那姑娘突然招呼贺大伟说："大哥，我就在这儿下了。谢谢你呵！"没等贺大伟把车停稳，那姑娘就跳下车去，又朝贺大伟挥挥手说："大哥，你一路走好，可别轧死我的兔子哦！"

贺大伟给弄糊涂了：这儿一边是接天峭壁，一边是无底深谷，根本没有人家，她怎么在这儿下车了？这到底是怎么回事，他想问问姑娘，可回头一看，哪里还有姑娘的踪影？贺大伟心里不免一格愣：眼看天就要黑了，大概这姑娘还是对自己有戒心啊？罢了，罢了，总也是帮过她了。想到这里，贺大伟继续开着车往前走。

随后这一路上，他时不时地会遇上兔子在路上乱蹿，每每这个时候，他就不得不把车速放慢下来。可让他惊奇的是，他发现：凡是有兔子乱蹿的地方，前面必定有个急转弯。所以开始看到兔子乱蹿他心里还挺火，可后来心里反倒踏实了，山道不熟，把车开稳点保险啊！

就这么一来二去的，等到把货送到目的地时，天已大黑了。当晚，贺大伟找了家小旅馆住下，吃饭时他问老板娘："听说这里的兔肉不错，能不能弄点来？"老板娘却回答他说："我们这里没有兔肉卖。"贺大伟觉得很奇怪："你们在山里养了那么多兔子，怎么会不卖兔肉？有个养兔的姑娘今天还搭过我的车呢，她亲口对我说，兔肉好吃，养兔能卖好价钱呢！"

老板娘一听贺大伟这么说，瞪着眼睛问他："你当真亲眼看到这姑娘和她的那些兔子了？"见贺大伟点点头，老板娘才笑道："你是个好人！但现在我们这里没有人吃兔肉。"贺大伟见老板娘说这话的时候，脸上的表情也是怪怪的，他真想问问这里到底有什么秘密,但看老板娘很严肃的样子,就不好意思再开口了。

第二天,贺大伟开车踏上了归路。一路上,他仍看到有好多兔子时不时地在路上奔跑蹿跃,不过他已经掌握了规律,所以每看到兔子就放慢车速,山道虽险,但他的车却开得很稳。

大山里的天气说变就变,刚才还红日高照,眨眼间就风起云涌,下起了瓢泼大雨,车在风雨中前行,贺大伟两手握着方向盘,更加小心谨慎。

忽然,透过雨帘,他看到不远处有个人在向他挥手,开到近前一看,原来就是昨天那个姑娘,朝贺大伟叫道:“大哥,我的兔子被大雨冲散了,你帮我找找。”贺大伟一听真是哭笑不得:开车找兔子,开什么玩笑? 不过,他不忍心拒绝姑娘,外面雨下得这么大,看她淋得像个落汤鸡,于是就赶紧让她上车。

车继续往前开着,可一路上连只兔子影子也没看到。贺大伟正纳闷,那姑娘突然一声尖叫,贺大伟吓了一跳,赶忙来了个急刹车。

几乎是与此同时,只听得“轰隆隆”一阵天崩地裂巨响,山顶上的巨石被暴雨冲下来,“嘣嘣嘣”砸在离车子约十来米的地方。贺大伟的魂险些被吓飞,他心想:幸亏这姑娘叫停车,否则今天非车毁人亡不可。他心存感激地转过头去看看姑娘,可姑娘呢?哪还有姑娘的人影!

贺大伟又困惑又惊奇! 可让他更困惑更惊奇的是,当他要想动手去清理路上挡道的石头时,那些石头竟自动地朝路边的山崖下滚去。贺大伟意识到一定是老天在冥冥之中帮自己的忙,于是就赶紧开车上路,很快出了大山。

当晚在路边一家小店歇脚,吃饭时,贺大伟听隔壁饭桌上有几个人在谈论,其中一个说:“幸亏刚才那些兔子在路上蹦,要不我今天非闯祸不可。唉,小燕真好,她老在提醒我们呢!”

小燕? 他们说的小燕莫非就是自己在路上碰到的那个姑

娘？贺大伟赶紧凑过去问。那拨人一听贺大伟说了他的出车经历后，就断定他碰上的那个姑娘肯定就是小燕。他们告诉贺大伟，那一带的山路特别险要，以前常常出车祸，小燕就是在那里遇车祸死的。后来，过往的司机常常看到山路上有兔子跑，兔子一挡路，好心的司机就把车速减下来，车祸因此少了很多。大家都说，小燕这是在用她养的兔子提醒大家注意开车安全呢，所以都不忍心再吃兔肉了。"

贺大伟听得目瞪口呆！

回城之后，贺大伟问路明，事先为什么不告诉自己实情。路明说："我要是给你说了实话，你还敢去？见到她你不害怕？害怕了，还能开好车？不瞒你说，其实小燕是我的女朋友，遇到正直的人，她是不会伤害的，还会帮你呢！只有一个正直的好人，才能做到安全万里行。"

路明说到这儿，两行泪水顺着脸颊流了下来。他付了运输费，谢过贺大伟，然后嘴里喃喃道："这是我最后一次给她的兔子送饲料了。我要回去看我的小燕了！"

望着泪流满面的路明，贺大伟的心里也酸酸的，他默默自语："小燕真是个好姑娘……"

（刘自忠）

（**题图**：谭海彦）